神姓柳諱宗元字子厚河東
人也唐元和中為柳州刺史
鄙夷其民教以禮法三年
民化殁而為神降于州之後
堂其部將歐陽翼見而拜之
旦夕夢之是廟載於羅池翼
京師告其友人韓愈書其[illegible]
事而廟之遺像猶有石刻
歲在[illegible]
兵南[illegible]以[illegible]城
歲月燬裂今重刻置于
原廟俾往來者得以瞻禮
皆癸巳至元三十年五月吉日奉訓大夫柳州路總管兼管內勸農

監修者――木村靖二／岸本美緒／小松久男／佐藤次高

［カバー表写真］
（伝）狩野探幽画，柳宗元（三十六詩仙図のうち），徳川美術館蔵

［カバー裏写真］
章草（草書体の一種）で書かれた伝柳宗元書「龍城」石刻，柳州博物館蔵

［扉写真］
柳宗元像石刻（至元30〈1293〉年），柳州柳侯祠蔵

世界史リブレット人17

柳宗元

アジアのルソー

Tosaki Tetsuhiko
戸崎哲彦

目次

唐代のオピニオンリーダー柳宗元

文学者・散文家・古文家・山水記作家・自然詩人・思想家・法家・無神論者・唯物論者・合理主義者など、今日、柳宗元《りゅうそうげん》(七七三〜八一九)について国内外の紹介はじつに多彩である。古文家でありながら唐代を代表する駢文《べんぶん》家▲でもあり、無神論者にして仏教の篤《あつ》い庇護者でもあった。孔子の志、堯《ぎょう》・舜《しゅん》の道を標榜するが、友人であった儒家韓愈▲が排撃した異端思想、法家や道家を、また異国の宗教たる仏教を、孔子の道に矛盾しないともいう。柳の言葉を借りれば、「名を去りて実を求む」「勢〔形勢〕は同じからざれども理は同じ」であった。したがって儒・諸子・仏に普遍する第四の道を求めたところに彼の特長がある。したがって経書の解釈においても、時に聖人の言にあらずとして排除し、仏徒に対して

▼**駢文**　四六駢儷《べんれい》体の文。柳「乞巧文」の「四を駢《なら》べ六を儷《なら》ぶ」から生まれた表現。韓愈の古文はこれを否定するものであるが、柳の場合は文質論でいえば質の優先を説く立場。明・李天麟『八代四六全書』、明・王志堅『四六法海』、清・王先謙『駢文類纂』が多く採録し、清・孫梅『四六叢話』は張説《ちょうえつ》・柳宗元・令《れい》孤楚《こそ》を唐代駢文三大家とする。

▼**韓愈**(七六八〜八二四)　字《あざな》は退之、諡《おくりな》は文公。河南孟県の人。唐代中期を代表する文豪であり、柳宗元らとともに古文復興運動を展開した。また思想においては孔・孟の道統を説き、儒教を復興した第一人者として、北宋に孔子廟で孔子の弟子とともに従祀された。日本・欧米に留学して西洋の学術を学んだ大歴史学者陳寅恪《ちんいんかく》(一八九〇〜一九六九)は、中国の政治社会経済・文化学術史において唐代を南北朝時代から宋代以後への分岐点とみなし、韓愈を新旧の転換点をなした人物として位置づけた(「論韓愈」『歴史研究』一九五四年)。

も増上慢を厳しく叱責する。

その思想を一言でいえば、「生人（人民）を貴しと為し、社稷《しゃしょく》（国家）は之に次ぐ」である。この孟子の名言が彼らの政治スローガンであった。その後文には「君は軽し」が透けてみえる。この立場から儒を批判し、仏を宣揚し、天・人を断絶し、官・民の逆転が起こり、周制を貶《おとし》めて秦制を褒め、曹魏をたたえて諸葛亮（孔明）を誹謗し、聖王湯《とう》のもとを去って暴君桀《けつ》に仕えた伊尹《いいん》を聖人とする。既成の価値観の破壊と顚倒がみられるのは、すべてが連鎖しているからであり、柳宗元のなかでパラダイムシフトが生起していた。

しかし、それは柳宗元一人のみではない。貞元《ていげん》（七八五〜八〇五年）・元和《げんわ》（八〇六〜八二〇年）の間にあって、呂温《りょおん》・劉禹錫《りゅううしゃく》・元洪《げんこう》・范伝真《はんでんしん》・陽城《ようじょう》などがそうであり、また啖助《たんじょ》・陸淳《りくじゅん》（のちに質に改名）らの新春秋学派がおり、王叔文《おうしゅくぶん》・韋《い》執誼《しつぎ》らの永貞《えいてい》革新派がいた。それは時代の大きなうねりのなかで生まれた。

安史の乱（七五五〜七六三年）の影響はさまざまな領域で発生した。律令制の解体、募兵制による藩鎮の拡大と割拠、両税法の施行、荘園の拡大、貧戸の逃亡、国庫と内庫の分別、宦官の軍権掌握と跳梁、科挙の重視、藩鎮（軍閥・幕

●柳宗元関係人物生卒一覧

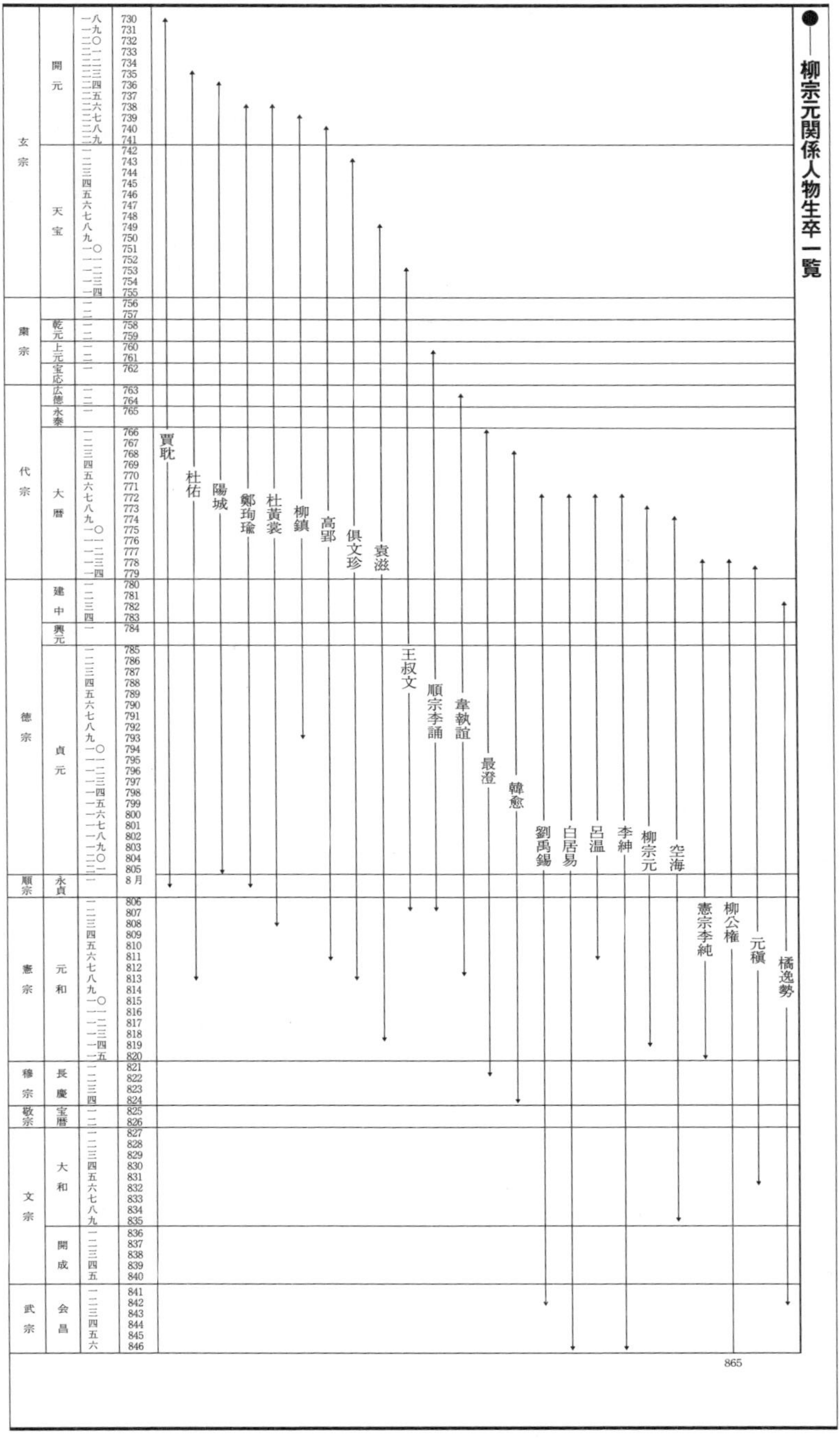

府）の多設と任用、科挙官僚の輩出、翰林学士▲の重用など、唐朝は徳宗（在位七七九～八〇五）の建中から貞元の間にタガがはずれたように地殻変動する。文化の領域においては、注疏を無視した直接解経、進士試の詩《し》・賦《ふ》の廃止、宗経と実学の強化、駢儷《べんれい》文の排斥、浄土・禅の実践仏教の浸透、儒教の道統、古文の復興、新楽府の創作、小説の流行等々、また一方で国庫の減少と寄進による内庫の膨張、国家祭祀をめぐる私廟・公廟の議論、皇帝の「罪己詔」の多発、行楽・宴遊の解禁など、いわば公と私とが逆転するようなパラダイムシフトが観察される。

このような動揺期にあってオピニオンリーダーとなったのが韓愈と柳宗元である。文学史ではともに古文家、その作品は載道文学▲と称される。もとより文は「道」を「載」せる器であり、二人は文友ではあったが、その「道」たるイデオロギーは相反するものであった。二人の作はともに漢文教材に多く採録されて広く知られるところであるが、柳の思想を語る者は意外と少ない。韓愈は北宋（九六〇～一一二七年）に孔子廟入りをはたし、その文と道は欧陽脩《おうようしゅう》（一〇〇七～七二）・蘇軾《そしょく》（一〇三七～一一〇一）など旧法党によって宣揚され、さらに南

▼翰林学士　玄宗のときに、皇帝直属の学問・芸術上の顧問をおく機関である翰林院が創設された。さらに翰林学士院がおかれ、奏疏の批答や詔勅の起草などがまかされ、寵臣政治がおこなわれた。中書門下平章事の宰相「外相」に対して「内相」とも呼ばれた。青年官僚を多く登用。定員はないが、順宗朝が歴代最多であるのは王党が加わったことによる。

▼載道文学　韓愈の文集を編集した門人の李漢が「文なる者は道を貫くの器なり」と総括したのを受けて、漢文教材で「愛蓮の説」の作者として知られる周敦頤《しゅうとんい》（一〇一七～七三）が「文は以て道を載す」ものと換言したのに始まる。「文を以て道を明らむ」の明道文学観は韓・柳ともにみられる。

宋の大儒朱熹《しゅき》(一一三〇～一二〇〇)によって祖述されるが、柳宗元にいたっては欧陽に「韓門の罪人」と烙印を押され、その後、文才は認められてもその思想は正当に評価されることがなかった。柳自身、後世に託すとして開始した文学史のいう「発憤著書」▲であったが、それには一〇〇〇年の時を要した。評価したのは無神論者・唯物論者や法家としてまつりあげた文革▲期の同志たちではない。われらが「東洋のルソー」こと明治の民権運動家、中江兆民(一八四七～一九〇一)である。以上が本書の概要である。

▼**「発憤著書」**　司馬遷(前一四五?～前八七?)の『史記』は文王・孔子など歴代の聖賢や、屈原など先人の著作活動の動機を「発憤」に見出し、後世に託して作品を残そうとした。韓・柳ともにこれを自覚してその隊伍に就く。韓愈はこれにヒントをえて、物は均衡を失えば鳴動する物理的法則と考えて、文学理論として「不平」文学を展開した。

▼**文革**　無産階級(プロレタリア)文化大革命(一九六六～七六)の略。後期(七三～七六)に政治路線をめぐって「儒法闘争」が展開された。「儒家を悪とし、法家を善とする」歴史観から、孔子・孟子・韓愈・朱熹らが批判され、秦始皇帝・曹操・則天武后・柳宗元・王安石らが再評価され、さらに柳宗元は無神論者・唯物論者として鼓吹された。

①—順宗政権とその政治改革

柳宗元の家風と略歴

柳宗元、字《あざな》は子厚《しこう》、排行《はいこう》▲は八。号は郡望▲をもって柳河東《かとう》、最終の官柳州刺史をもって柳柳州ともいい、永州流謫《るたく》後に居住した地である八愚・愚渓《ぐけい》をもって呼ばれることもある。柳氏一族が先祖の遺徳による家風としてきたのは「孝・文・正・清」の四徳であり、とくに宗元は柳下恵《りゅうかけい》▲の「清」を強く意識する。生まれも育ちも長安であるが、一二歳から一六歳まで地方官の父柳鎮《りゅうちん》に従って江南・江西から長沙の間を歴遊した。のちに殿中侍御史(監察官)となった柳鎮は宰相竇参《とうさん》(七三三〜七九二)の不正を糾弾したかどで夔州《きしゅう》(今の重慶市奉節県)司馬に左遷されたが、竇参が徳宗の怒りをかって誅殺されたのち、皇帝より「正を守るを心と為し、悪を疾《にく》みて懼《おそ》れず」と評され、ときに「剛直」の人と呼ばれた。この家風と性格は宗元にも受け継がれている。

宗元は短命であったことに加え、長く流謫されていたため、官職の異動も少なかった。科挙受験後の人生は、およそ次の三期に分けられる。

▼**排行**　従兄弟を含む同世代の出生順の呼称で、柳宗元は「八郎」。その名の「元」が示すように長男であり、従弟には宗直・宗一・宗玄らがおり、実の姉が二人いた。

▼**郡望**　望族・郡姓。唐代では、必ずしも生まれた地である出身地を指すのではなく、名族門閥を選んで称する風習があった。柳氏は河東三望族(裴、薛)の一つなので、宗元は河東蒲州解県(今の山西省運城市)の人と自称して「河東」を号とする。呉人説(清・金檀)は、祖父察躬が湖州徳清県令を辞して定住したことによる。かつて徳清県の乾元鎮渓東街に柳侯祠があった。

▼**柳下恵**(前七二〇〜前六二一)　春秋時代の魯国の人。司法官として三度罷免の屈辱を受けたが、直道を曲げることなく、自己の信ずるところを貫いた賢者として孔子や孟子に称賛され、清廉で剛直な官吏の模範とされた。姓を展、名を禽というが、柳下(地名、今の山東省済南市平陰県孝

長安期(八〇五〈貞元《ていげん》二十一〉年秋まで)
　七九三(貞元九)年、進士科及第(二一歳)。
　七九六(貞元十二)年、博学宏詞科及第、集賢殿正字の官を受ける。
　藍田県尉・監察御史裏行・礼部員外郎などを歴任。
永州期(八一四〈元和《げんわ》九〉年冬まで)
　永州(湖南省南部)司馬員外置同正員
柳州期(八一九〈元和十四〉年冬まで)
　柳州(広西壮族自治区西部)刺史

以下、この三期に従って彼の政治活動と思想を中心にしてみていく。宗元は官吏になってからほぼ一生を左遷地で送ることとなるが、その発端は、のちに皇帝(順宗)として即位する皇太子(李誦《りしょう》)を擁立しようとする、王叔文《おうしゅくぶん》(七五三〜八〇六)を中心とするグループとの交流にあった。

王叔文党による永貞革新の顛末

長安時代、柳宗元と韓愈らは親密に交遊しており、一時は同じ要職、御史台▲

直鎮あたり)を領地とし、恵と諡《おくりな》されたために柳下恵と呼ばれ、唐の柳氏一族には遠祖とみなされた。

▼御史台　百官の糾察・弾劾、綱紀の粛正を任務とする中央の監察・司法機関。御史大夫(従三品)・御史中丞(正五品上)・侍御史(従六品下)・殿中侍御史(従七品上)・監察御史(正八品上)の職事官からなる。かつて宗元の父と叔父は殿中侍御史になり、宗元も監察御史裏行となった。「裏行」は正官ではなく、定員なし。見習い、実習生のようなもの。

の監察御史に就いていた。しかし八〇三(貞元十九)年十二月、突如、御史台から韓愈・張署・李方叔が排斥される。おそらく王叔文の工作である。韓愈は連州(広東省連州市)陽山県令に左遷され、同僚であった柳・劉禹錫《りゅううしゃく》らとは袂を分かつこととなった。「韓門の罪人」の始まりである。

翌年十一月、西は吐蕃《とばん》(チベット)、南は南詔《なんしょう》(雲南省一帯)、東はわが日本にいたる、西戎《せいじゅう》・南蛮・東夷の周辺諸国から、朝貢使節が東アジア世界の中心「中華」、帝都長安に集結し、正月の朝賀を待っていた。このとき、長安にいたのが遣唐大使藤原賀能《ふじわらのがのう》・空海・橘逸勢《たちばなのはやなり》ら一行である。陳舜臣の小説『曼陀羅の人』はこのころの空海と柳・劉らの交遊を虚々実々に描いている。

八〇五(貞元二十一)年正月二十三日、徳宗が崩御した。倶文珍《ぐぶんちん》▲ら宦官集団は翰林学士を召集して遺詔を起草させるが、後継者をめぐって議論紛糾すること三日、王叔文の意をえた同郷(越)人凌準《りょうじゅん》の強硬な主張と鄭絪《ていいん》の援護によって皇太子李誦が即位した。順宗《じゅんそう》である。王叔文は碁の才によって翰林待詔《たいしょう》となり、皇太子に接近していた。

王叔文党(以下、王党)は政権を奪取するや、人事異動をおこなうと同時に内

▼倶文珍(七四三〜八一三)　養父の宦官の姓を受けて劉貞亮と改名。徳宗・順宗・憲宗三朝に仕えた有力宦官。藩鎮の討伐のために神策軍の監軍となり、宦官が軍権を掌握する先例となった。韓愈は「送汴州監軍倶文珍序」をつくって褒めそやし、『旧唐書』では「性は忠正、剛にして義を蹈む」、『新唐書』でも「性は忠強にして義理を識る」と忠義をたたえる。

▼即位大赦　従来は皇帝冊立の日におこなわれたが、のちに一カ月後に変更された。玄宗が遺詔で崩御後「三日聴政、十三日小祥、二十五日大祥、二十七日釈服」と服喪期間を指示して以後、新帝は二七日目の釈服以後の吉日に即位大赦を発布。官

廷と外廷の緊密な連絡網の構築を急ぐ。順宗の身辺に寵妃牛昭容《ぎゅうしょうよう》と宦官李忠言、書道の才で翰林待詔となっていた王伾《おうひ》を侍《はべ》らせ、皇太子時代に信任をえていた翰林学士韋執誼《いしつぎ》が同中書門下平章事（宰相）となり、その下に郎中・員外郎の柳宗元・劉禹錫らという、皇帝・内侍省・翰林学士院・中書門下（政事堂）・三省六部をつなぐ寵臣政治の新政権体制を完成させ、改革を断行していく。このとき、まだ秘書校書郎（従九品上）であった青年官僚白居易も王党への接近を試みている。居易は韋執誼が宰相になった七日後に三〇〇〇字をこす書簡を送って熱い自己アピールをするが、ついに重用されることはなかった。

即位後には慣例として「即位大赦▲」が宣布される。それは新皇帝の即位宣言にして新政権の方針演説のようなものであり、減刑・減税や追贈・論功褒賞などの通常の恩赦以外に、順宗のそれには次のようなものがあった。

一、宦官の粛清。「宮市▲」の廃止。
二、皇室使用人「五坊小児▲」の取締り。
三、塩鉄使や藩鎮らによる「進献▲」の禁止、旧所蔵物の国庫への転入。
四、宮人の解放。実施は宮女三〇〇人（三月一日）、宮女・教坊の女妓六〇〇

吏もかつては三日後に釈服であったが、代宗以後、新帝と同じ二七日に改定。

▼宮市　宦官が物色する下役人に張り込ませて、宮中御用達の物資を民間の市場「東西二市」から買い上げる制度であるが、当時は代金を支払わず強奪していたばかりか、逆に「奉門戸」（納入料）まで支払わせた。

▼五坊小児　宣徽院に属し、皇室狩猟用の五種類の動物（鵰《わし》・鶻《はやぶさ》・鷂《はしたか》・鷹・狗《いぬ》）を飼養する「坊」（役所）の「小児」（小役人）。彼らは皇室の威を借りて城内で恐喝・ゆすり・たかりなどの横暴を働いていた。

▼進献　塩・鉄の専売を管掌する長官が皇帝の恩顧をめあてに「羨余」（余剰）と称して金品財物を寄進すること。つけ届け。宦官が管理する皇帝の私庫「内庫」にはいった。貞元末にはさかんになる。後述の江西観察使李兼の「月進」、剣南西節度使韋皐の「日進」は有名。

人(同月四日)。

歴史書ではこれを「永貞《えいてい》革新」と呼ぶ。「永貞」は順宗ではなく、同年八月憲宗《けんそう》(在位八〇六～八二〇)即位時の年号である。これらの政策は王党の革新性を示すものとしてしばしば取り上げられるが、先朝徳宗の即位時にも五坊の追放や宮人の解放、また奴婢・珍獣異獣の進献やそれら祥瑞《しょうずい》の報告などの禁止も発令されたが、功を奏していなかった。しかし順調なのは五月までであった。

翰林学士となった王叔文は、宰相杜佑《とゆう》を度支使《たくしし》・塩鉄転運使▲にすえて自らその副使に就き、財政も管制下におこうとするが、先帝からの宦官であった倶文珍らは新政権の専横に身の危険を感じ、旧臣と手を組んで王党の転覆をはかろうとした。先朝から宰相職にあった賈耽《かたん》・鄭珣瑜《ていじゅんゆ》・高郢《こうえい》はただ静観しているだけであったが、親子ほどの年齢差がある韋執誼が加わり、王党の専制が露骨になると、賈・鄭は病と称して離任した。王党は、行政・財政の掌握についで宦官が掌握していた軍権の奪回に着手するが、その企みが発覚して倶文珍らの猛反対に遭い、あえなく失敗に終わる。四月初めに皇太子(淳から純に改名、同音)が冊立《さくりつ》され、五月には旧宦官勢力が王叔文から翰林学士の職を奪取するのに成

▼**度支使・塩鉄転運使**　安史の乱後に置かれた財政担当の使職、令下の官。度支使は、膨張した軍費・国家財政に対応するために、戸部の度支司に代わって財賦の調達や出納の調整など財政全般を統括し、塩鉄転運使は塩・鉄の専売や江淮地方の米穀・物資を華北へ運搬することを担当した。宰相が兼任することが多い。

●永貞革新派（王叔文党）人物表

王党 二王八司馬 ほか	順宗皇太子時代	順宗・貞元21年	徳宗・永貞元年		徳宗・ 元和10年
		正月即位～3月	8・9月	11月	
王伾 （?～806）	皇太子侍書・ **翰林待詔**	左散騎常侍・ **翰林学士**	開州員外 司馬	病死	／
王叔文 （752～806）	将仕郎・蘇州司功参軍・**翰林待詔**	起居舎人・ **翰林学士** 度支塩鉄副使 戸部侍郎	渝州員外 司戸	賜死	／
韋執誼 （764?～812?）	建中3年進士 左拾遺・**翰林学士** 職方員外郎・**翰林学士** 吏部郎中・**翰林学士**	左丞・**同中書門下平章事** 中書侍郎・**同中書門下平章事**		崖州司馬 崖州司戸	（病死）
韓泰	貞元11年進士 監察御史 度支郎中	兵部郎中兼中丞 神策行軍司馬	撫州刺史	虔州員外 司馬	漳州刺史
韓曄	科挙（進士科?）	司封郎中	池州刺史	饒州員外 司馬	汀州刺史
陳諫	科挙（進士科?） 侍御史	倉部郎中 判度支	河中少尹 （7月）	台州員外 司馬	封州刺史
劉禹錫 （772～842）	貞元9年進士 監察御史	屯田員外郎 度支塩鉄判案	連州刺史	朗州員外 司馬	連州刺史
柳宗元 （773～819）	貞元9年進士 監察御史裏行	礼部員外郎	邵州刺史	永州員外 司馬	柳州刺史
凌準 （?～808）	科挙（進士科?） 崇文館校書郎 浙東観察判官	侍御史・**翰林学士** 都官員外郎	和州刺史	連州員外 司馬 （病死）	
程异 （?～819）	明経，開元礼科 監察御史	虞部員外郎 塩鉄揚子院留後	岳州刺史	郴州員外 司馬	（塩鉄揚子 院留後）
李景倹	貞元15年進士 諫議大夫	服喪			
陸淳 （?～805）	明経科 左拾遺 左司郎中，台州刺史	給事中 太子侍読	病死	／	／
呂温 （772～811）	貞元14年進士 左拾遺，吐蕃副使 侍御史	吐蕃副使		（戸部員外郎，司封員外郎，刑部郎中，衡州刺史，道州刺史）	

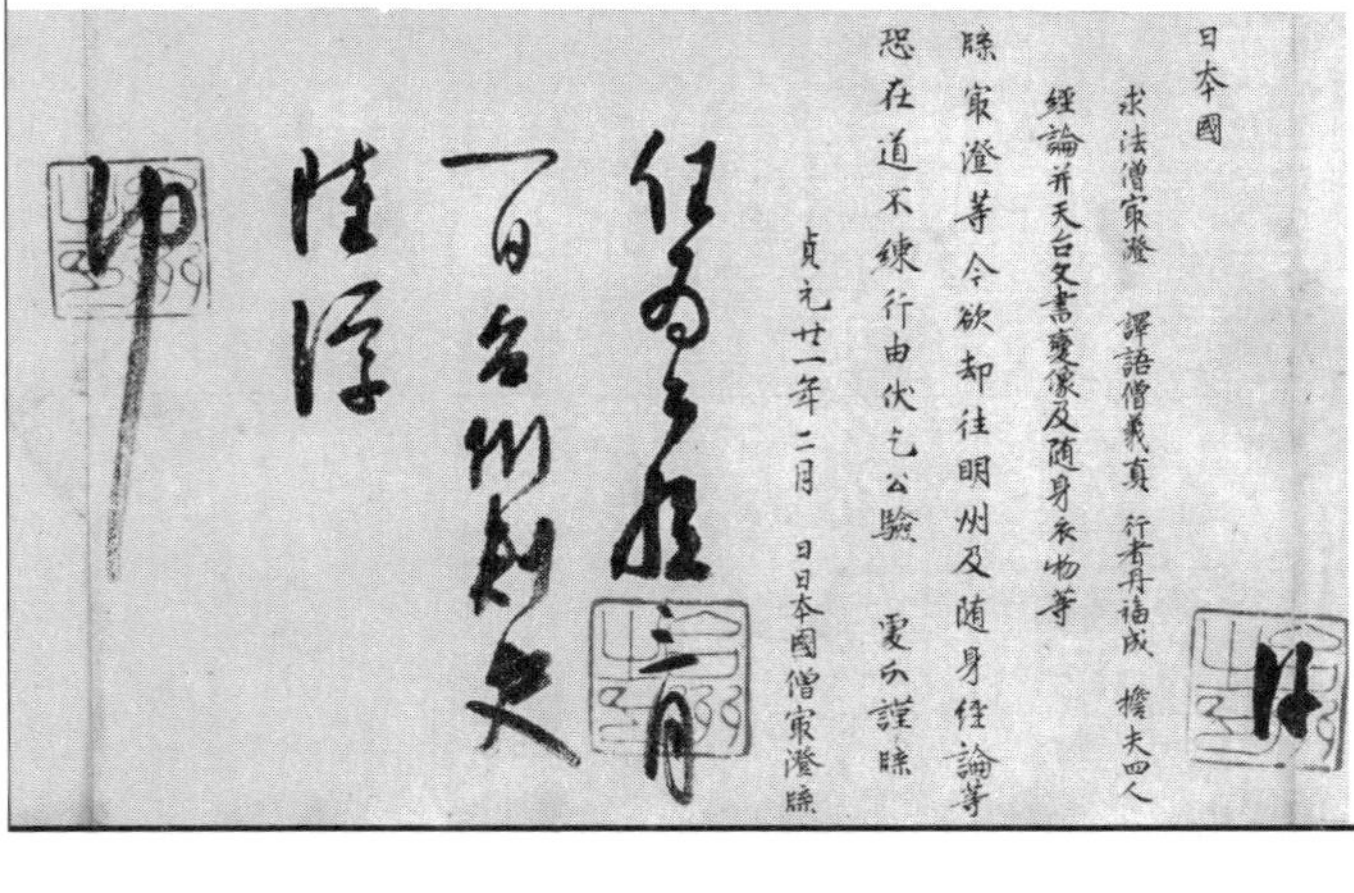

●台州刺史陸淳が最澄に発給した公験（通行許可証、八〇五年、延暦寺蔵）

●一八〇五（唐・貞元二十一・永貞元）年の宰相と翰林学士（●宰相在任、◎翰林学士在任）

衛次公	李程	張聿	王涯	李建	凌準	王叔文	王伾	李吉甫	裴垍
左補闕▲									
◎									
◎									
◎									
◎									
◎									
◎									
◎	監察御史◎	秘書省正字◎	藍田縣尉◎						
◎	◎	◎	◎	秘書省校書郎▲					
◎	◎	◎	◎	◎	侍御史▲				
乃下遣詔，君（凌準）獨抗危詞（俱文珍等宦官）」。									
◎	◎	◎	◎	◎	◎				
◎	◎	◎	◎	◎	◎				
◎司勳員外郎賜緋魚袋	◎	◎	◎	◎	◎	起居舍人◎	散騎常侍		
◎	◎	◎	◎	◎	◎	◎	翰林待詔▲		
◎	◎	◎	◎	◎	◎	◎	◎		
◎知制誥	◎水部員外郎	◎左拾遺	◎左補闕	◎左拾遺改詹事府司直	◎都官員外郎	◎度支・塩鉄転運副使	◎		
◎	◎	◎	◎	◎	◎	◎	◎		
◎	◎	◎	◎	◎	◎	◎	◎		
◎	◎	◎	◎	◎	守本官判度支	◎	◎		
◎	◎	◎	◎	◎		◎戸部侍郎	◎		
◎	◎	◎	◎	◎		母卒			
◎	◎	◎	◎	◎					
◎	◎	◎	◎	◎		渝州司戸	開州司馬		
◎	◎	◎	◎	◎					
					和州刺史				
◎	◎	◎	◎	◎					
◎	◎	◎	◎	◎	連州司馬				
◎	◎	◎	◎	◎				考功郎中知制誥▲	
◎	◎	◎	◎	◎				◎	考功員外郎▲
◎	◎	◎	◎	◎				◎中書舍人	◎考功郎中知制誥
◎	◎朝散大夫	◎	◎	◎				◎	◎

年		月	日	賈耽	鄭餘慶	杜佑	高郢	鄭珣瑜	韋執誼	鄭絪	杜黄裳	袁滋
貞元	1								左拾遺◎			
	8				庫部員外郎◎				◎	司勳員外郎知制誥◎		
	9	5	27	●								
	13	5	28	●	工部侍郎知吏部選事				◎	◎		
	14	7		●	中書侍郎●				◎	◎		
	16	9		●	郴州司馬				◎	◎		
	19	3	1	●		司空●			◎	◎		
		7		●		●			◎	◎		
		12		●		●	中書侍郎●	門下侍郎●	◎	◎		
	20	9	27	●		●	●	●	◎	◎		
				皇太子得風疾，因不能言								
		12	22	●		●	●	●	◎	◎		
	21	1	6	●		●	●	●	◎	◎		
			23	徳　宗　崩　御								
				「徳宗崩，邇臣（鄭絪・衛次公・李程等）議秘三日，								
			26	順　宗　即　位								
		2	6	翰林待詔三十二人（陰陽星卜醫相覆棊）を罷免す								
			9	●		●	●	●	◎	◎		
			11	●		●	●	●	左丞●	◎		
			22			●	●	●	●	◎中書舎人		
			24	即　位　大　赦								
		3	2	●		●	●	●	●	◎		
			16	●		●	●	●	●	◎		
			17	●		●度支・塩鉄使司徒	●	●	●	◎		
			21	司空兼左僕射●		●	●刑部尚書	●吏部尚書	●中書侍郎	◎		
			28	以疾歸第		●	●	稱疾去位	●			
		4	6	皇太子冊立								
		5	9			●	●		●	◎		
			24			●	●		●	◎		
		6	20			●	●		●	◎		
		7	28	皇太子 勾当 軍国								
						●	刑部尚書	吏部尚書	●	◎	門下侍郎●	中書侍郎●
永貞	1	8	5				傳　位　改　元（永貞）					
			6			●				◎	●	●
			9				憲　宗　即　位					
			27		左丞●	●				◎	●	
		9	13									
		11	7		●	●			崖州司馬	◎	●	
			14		●	●			崖州司戸	◎	●	
		12	24		●	●				中書侍郎●	●	
		12	25		●	●				●	●	
			27		●	●				●	●	
元和	1	1	2	元和に改元								
			19	太上皇順宗崩御（四六歳）								
		9			●	●				●	●	

功し、六月十六日には西川節度使韋皐《いこう》、荊南節度使裴均《はいきん》、▲河東節度使厳綬《げんじゅ》ら、地方に出されていた先帝の重臣・元老と結託して、順宗が病身であることを口実に皇太子による監国を迫った。

この少し前の六月十三日、王叔文の母は瘖風《いんふう》(声がでなくなる病)を突如わずらい、叔文は離職をよぎなくされた。母はその数日後に息を引きとる。あまりにタイムリーであり、宦官による毒殺の疑いを禁じえない。王党の執権一四六日といわれるのは、柳「王叔文母墓誌」の「凡そ執事すること十四旬有六日」に始まる。順宗即位の翌日から六月二十日王母の死の前日までを指す。七月には、やはり先帝の重臣であった杜黄裳《とこうしょう》と袁滋が倶文珍らに推戴されて宰相となり、八月には憲宗が即位した。かくして王党はことごとく僻遠の地の刺史の官に左遷され、さらに朝議は処分を軽いとして員外司馬▲に降格した。これを「二王八司馬の事件」という(一一頁表参照)。呂温《りょおん》・李景倹《りけいけん》も王党であるが、呂温は吐蕃副使として国外にでており、景倹は喪中にあって直接関与していなかったために処分をまぬがれた。日本側の資料に逸勢・空海が宗元に書を習ったとあるのはこの間のことである。

▼裴均(七五〇～八一一)　字は君斉、宦官竇文場の養子となる。曽祖父は開元間の宰相であった。八〇八年に郇国公に封ぜられる。荊南節度使だったころは、貴顕に賄賂を贈って結託し評判がよくなかったが、柳宗元は、姉婿裴墐が裴均(郇国公)の従弟であり、また長安時代には裴均(京兆府盩厔県令)のために多くの文を書き、その家系と学業・人物をたたえる。韓愈も江陵にいたころに裴均と柳の岳父楊憑と親交があった。

▼員外司馬　本来は定員外の司馬であるが、正確には「州司馬員外置同正員」であって正員の「司馬」と不帯同正員の「員外司馬」の三官は、職事官の位は同じであるが、処遇(給与・手当等)が異なった。また、州の司馬は四等官制で二番目、つまり刺史(長官)につぐ副知事格であるが、中唐では政治に関与できない左降(左遷)官があてられることが多かった。柳の正式名は「守永州司馬員外置同正員」。「守」は身分(散官)よ

翌年正月に元和▲に改元され、その直後に太上皇は崩御した。これも宦官の操作であった。その後、空海らは帰朝の途につくが、空海は「衣鉢《いはつ》は竭《つ》きて人を雇うこと能《あた》わず」、また逸勢も「日月は荏苒《じんぜん》〔時は過ぎていくばかりで〕たりて資生〔生活費〕は都《すべ》て尽きぬ。此の国の給する所の衣糧、僅《わず》かに以て命を継ぎ、束脩〔学費〕は読書の用に足らず」といって帰朝の理由を経費不足とするが、大使の書(空海「為藤大使與渤海王子書」)に「仲春〔二月〕漸く暄(暖)かなり。……賀能、推《おも》うに既に監使〔宦官〕の留礙〔阻害〕するを被りて再び展ぶることを得ず」とあるから、憲宗朝新政権の宦官による待遇の変化があって帰朝を余儀なくされたのであろう。

王党とその青年官僚たち

のちに韓愈は、『順宗実録』に王叔文の無能・狡猾《こうかつ》ぶりを繰り返し露骨に記している。このような小人に柳・劉らの済済多士がなぜ容易になびいたのか。後人の懐疑するところであり、また批判するところである。

王党は特殊な集団であった。唐代では、血縁や婚姻関係による旧来型の門閥

り高位の職につくこと、つまり奉議郎(品階は従六品下)であったが中(等級)州の司馬(正六品下)の職事官に就いた。逆の場合は「行」を冠した。

▼元和　憲宗は即位して永貞に改元し、五カ月後の翌年正月にまた改元した。わが国の「元和」は徳川家康が定めた「改元は、漢朝年号の内、吉例を以て相定むべし」によって憲宗の年号を採用したもの。ただし江戸幕府が天皇の権限に介入した年号の制定はこの一回のみ。なお、「貞元」は太宗の貞観と玄宗の開元を理想とする願いを込めたもの。宰相李泌(七二二〜七八九)の建白による。「永貞」はその常《とこ》しえを願ったもの。

集団のほかに、科挙が重視されるようになると、座主▲のもとで朋党が結成されることが多くなった。王党はもとより貴族集団ではなく、また高級官僚出身の子弟でもなく、柳・劉ら部下には進士出身の秀才が多かったが、同年進士でもない。そもそも領袖の王叔文は寒門の出であった。のちに劉は「自伝」で彼を「寒俊王叔文」と呼び、『太平御覧』に引く『唐書』に「将仕郎、前蘇州司功参軍、翰林待詔王叔文を以て起居舎人(従六品上)と為し翰林学士に充つ」、職事官の蘇州司功参軍(従七品下)を寄禄官《きろくかん》▲としておびており、品階は将仕郎(従九品下)、三〇等級中最下位であった。

王伾も侍書(皇帝の書道の教師)によって翰林待詔となった「小人」であり、朝廷にあっても呉語(江南・呉地方の方言)を話していたというから科挙出身ではない。首脳陣のなかでは陸淳《りくじゅん》(憲宗の名「純」を避けて質に改名)と韋執誼がやや異色である。陸淳は韓泰・呂温・韓曄《かんか》・凌準・柳・劉らが師事した新春秋学▲の大成者で、王党のブレーンともいうべき存在であり、皇太子李純《りじゅん》(のちの憲宗)が冊立されるや、台州刺史から太子侍読として、つまり家庭教師という監視役として配されるかたちで参画する。『〔崇禎〕呉県志』に明経科《めいけいか》の出身とあ

▼座主　科挙の試験委員長である「知貢挙」のこと。同期の合格者「同年」は同一の座主によって同様の評価をえた門下生「門生」と称され、同門意識から徒党を組むことがあった。同年の合格者が相互に擁護する、いわば同期生の集団である。

▼寄禄官　令外の官である節度使・観察使などの使職の幕僚や翰林院の待詔・学士には品階を本来もたない者が多く、そのために「職事官」つまり、俸禄を支給するための等級基準をおびさせた。そのさい、職事官名には「試」「検校」「摂」などを加えることが多い。

▼新春秋学　経から伝・注・疏へと段階をへて膨張していた経学を、仏教学の影響のもとに、経文を自己の理性にしたがって直接解釈する新しい学術。安史の乱の江南で啖助に創始し、趙匡《ちょうきょう》を益友として陸淳が集大成した。陸淳は台州刺史のとき、最澄のためにさまざまな便宜を供用しており、日本仏教にとっての大恩

るが、彼もやはり寒門の出であった。かつて丹陽県主簿(正九品下)であった春秋学者啖助《たんじょ》に師事し、淮南節度使陳少遊の属官であったが、辟召《へきしょう》▲によって京官をえる。韋執誼は進士出身で、徳宗に寵愛されて翰林学士となったが、皇太子(のちの順宗)から王叔文を紹介されて意気投合した。宰相世家と呼ばれる長安韋氏の出身であるが、『旧唐書』本伝に「父浼《ばい》、官卑《ひく》し」とある。

また、年齢構成にも特徴がある。順宗は即位時四五歳、二王と陸淳が五〇代、韋執誼が四〇代であったが、柳・劉ら部下たちはほとんどが三〇代前半であり、順宗皇太子時代には二〇代後半から三〇前後の青年官僚であった。柳自身の回顧によれば「罪人と交わること十年」、これが概数でなければ進士科及第後の七九五(貞元十一)年、数えで二三歳の頃、皇太子もまだ三五歳の若さであった。

王党の結成理念

さまざまな階層・出身・年齢からなるこの集団の求心力は何であったのか。欧陽脩《おうようしゅう》「朋党論」によればそれはつまるところ「利」か「道」かであり、柳らは「利」に奔った小人とみなされたわけであるが、当事者の意識としては「道」

人である。一一頁写真参照。

▼辟召　仕官する方途の一つで、御史台・三省の長官や節度使・観察使など地方の長官によって推挙する制度。唐代では仕官するにはおよそ三つの方途があった。他の一つは個人の実力で獲得する科挙制度。もう一つは、五品以上の高官の子孫に対して設けられた科挙試験をへずに任官する優遇制度、「蔭任」(蔭官・門蔭・恩蔭・恩階・任子)という。

唐順宗豊陵碑(清代陝西巡撫畢沅刻書)

唐順宗豊陵と神道

▼理　ここでの「理」は「治」の代用。唐の高宗李治の諱を避けたもの。避諱では代字、あるいは缺筆される。缺筆は多くが末一画。代字でおもな例のみ示せば、太宗李世民の「世」を「代」、「民」を「人」、太祖李淵の「淵」を「泉」「潭」、世祖李昞の「昞」「丙」を「景」、憲宗李淳（のちに純）の「淳」は「質」などで代用した。代字か否かの議論は内容理解に直接関わる重大な手続きであるが、本書ではいっさい省略する。

にあった。王叔文は七八六（貞元二）年から皇太子に仕えること一八年、韓愈の『実録』は「閑に乗じて常に太子の為に民間の疾苦を言っ」たことを信をえるための狂言とするが、柳が「叔文母の墓誌」で叔文の父について「聖人の道を求めた」と特筆するのは、それが叔文に継承されていることを告げようとするものである。したがって叔文については「堅明直亮にして文武の用を有」し、「利安の道、将《まさ》に人《たみ》に施さんとす」「知道の士、蒼生《たみくさ》の為《ため》に焉《これ》を惜しむ」「其の文武有りて、我が化理▲（教化）を弘《ひろ》む。天子を是れ毗《たす》け、邦人は是れ望む」とたたえている。単に死者に対する褒辞でなく、配所永州で当時を回顧して「罪人（王党）と交わること十年」「罪を負う者と親善し、始め其（王叔文）の能を奇とし、謂らく以て共に仁義を立て教化を裨《たす》く可しと。……唯だ中正・信義を以て志と為し、堯《ぎょう》・舜《しゅん》・孔子の道を興《おこ》し、元元《たみくさ》を利安するを以て務めと為す」というように、評価は流罪の前後をとおして一貫している。

民間あがりの叔文に、庶民を憂う思いと改革の意欲があったのは事実であろう。それが父子ほどの年の差のある、当時二〇代の青年官僚たちの琴線に響き、深い共鳴をえたに違いない。柳の政治論文「六逆論」はそのことをうかがわせる。

「六逆▲」とは『春秋左氏伝』が「君を択び、臣を置くの事にして、天下理〔治〕乱の大本なり」とする君臣の関係から反逆の原理を説くものであった。柳はそのなかの三つ「賤が貴を妨《さまた》ぐ」「遠が親を間《へだ》つ」「新が旧を間つ」に疑義を呈し、逆に賤・遠・新が「理の本為ると雖《いえど》も可なり」、つまり出身の卑賤な者が高貴な者を妨害すること、君との関係の疎遠な者が親近者を阻害すること、新参者が古参を阻害すること、これらは反逆の原理ではない、とする。柳は該博な知識によって歴史的事例に徴して論理的に反駁《はんばく》し、治乱の原因は賤貴・遠親・新旧の現象にあるわけでなく、本質は「愚と聖賢」の違いにあると帰納し、賤・遠・新なる聖賢を「理本の大」と結論した。貴・親・旧に胡坐《あぐら》をかいていた権威主義や保守主義や体制派にとっては、血の気が失せるようなラディカルな思想である。「貴」の暴力性に対する批判は、「憎王孫文▲」の動物寓話に結実している。

賤・遠・新こそ政治の原理であると逆提示することの意義は、何も過去の事実の修正や訓詁学的な新説の提示ではなく、今を含む将来に向けての発言であり、柳自身の直接の経験の実情から立言されたもの、直接的には王党の政権担

▼六逆　『春秋左氏伝』「隠公三年」にある衛国の大夫石碏《せきさく》がいう、君王の選択と臣下の任用に関する国家の混乱を来たす六つの原理。他の三項は「少(年少)にして長を陵ぐ」「小にして大を加《しの》ぐ」「淫にして義を破る」である。

▼「憎王孫文」　「王孫《おうそん》」とは日本ザルのような小型のサル、「猿」は大型。群れをなして行動し、その暴虐で悪辣な性格を憎むとは、当時の政界で「王の孫」たる李氏の宗室・貴族政治に対する批判である。動物に託した諷喩手法は柳の得意とするところで、「臨江之麋」「黔之驢」「永某氏之鼠」の「三戒」のほかに「蝜蝂伝」「罵尸虫文」「罷説」「東海若」等々多い。動物寓話は『戦国策』『荘子』などにもみられるが、一説に仏教説話の影響があるという。「虎の威を仮《か》る狐」のように動物が口をきく擬人化はイソップ童話のようでもある。

当を正当化しようとするところに真意がある。王党は、まさに賤・遠・新が貴・親・旧に挑戦するものであった。さらに、この論には王叔文の影さえうかがえる。じつは、「遠が親を間つ」の反例としては歴史上いくらか思いあたるはずであるが、柳が取り上げたのは、前秦(三五一～三九四年)の苻堅《ふけん》(在位三五七～三八五)が王猛《おうもう》▲を宰相に大抜擢し、旧臣を殺害して排除することによって国家が興隆した例であり、この文武両道の王猛こそほかでもない、王叔文がその後裔であると自称した人物であった。柳・劉らはそれを信じ、それに期待した。また、「親」なる者の否定は宦官の政治関与への非難であり、もっぱら柳の作「晋文公守原議」で展開されている。

柳らにとっては碁の小技や出自の微賤などは末梢にすぎず、「生人」の救済を急務とする「聖人の道」こそが王叔文にみた真意であり、結党の理念であった。こうして、崇高な理想をいだいていた青年官僚たちは一掃された。しかし配所で彼らは中央に向かって手をこまねき、政界に対して沈黙を守っていたわけではなかった。新春秋学の方法に倣って、「文」によって行動を起こすことを知る。その先頭に立ったのが柳宗元であった。

▼**王猛**(三二五～三七五)　前秦の宰相にして名将。氐族の皇帝苻堅によって諸葛孔明に匹敵するとして重用され、異民族が覇を争う五胡十六国時代にあって華北の統一に貢献した漢族出身の寵臣。氐《てい》族(チベット系の民族)出身の旧臣である樊世《はんせい》と対立したが、苻堅は樊世を斬殺して王猛を最後まで信任し、全盛期を築いた。強い信頼で結ばれて国家を興した主従関係の例として知られる。

②—無神論者から政治思想家へ

柳宗元の無神論と合理主義

柳宗元は僻遠の地、永州の員外司馬に左遷された。政治犯にして政務に関与できない左降官である。しかし流罪の身であったこと、しかもそれが一〇年の長きにわたったことが彼を偉大な政治思想家に鍛えあげた。

今日、永州での作としては「永州八記」▲がもっとも有名であり、山野を散策する日々を送っていたかのような印象がもたれるが、彼にとってそれらは余技にすぎず、他に多くの政治的論文を書いている。その一つ「天説」は無神論・唯物論を示す作として知られる。ことの発端は史官を拝命した韓愈が書簡で泣きごとをいってきたことにある。史官は人の褒貶《ほうへん》に関わる重任であって「人禍有らずんば則ち天刑〔天罰〕有らん」というのに対して柳は、因果関係のないことを反証して激励するが、韓愈はさらにこれに返信してきた。

韓愈の主意は、天が人に禍福を与える根拠は人が判断する人の行為に対する善悪ではなく、天が判断する人の行為に対する善悪であるという逆転にある。

▼**「永州八記」**　古文による柳宗元の代表的な作品群で、「始得西山宴遊記」「鈷鉧潭記」（漢文教材に採録されている）「鈷鉧潭西小石潭記」「至小丘西石潭記」「袁家渇記」「石渠記」「石澗記」「小石城山記」の八篇を指す。その評価は北宋から定着しており、「山水遊記」文学の祖とされる。散策した範囲は極めて狭く、のちに寓居を築く愚渓の下流および「瀟湘八景」で知られる瀟江沿岸で、愚渓口から南北に二キロばかりの範囲である。二三・五一頁参照。

中華の天命思想と『易』以来の「陰徳陽報▲」思想は、仏教の因果応報の教義と融合して広く民間の倫理となっていた。論拠は自然界の現象である。人間による原野の開墾、森林の伐採、城郭家屋などの建築における土木工事、河川沼沢の治水工事、木や火と金(金属)や土による器物の製作、これらはすべて天地万物を破壊する人間の行為である。そこで万物を破壊しない者が天地に功あり、破壊する者が天地の仇《かたき》であるとする。天を自然に読みかえれば、今日の地球環境問題にもつうじる発言として興味深い。

柳の説は極めて簡単である。「上にして玄(幽玄)なる者、世に之を天と謂う」「是れ物なり、其れ能《よ》く報ゆること有らんや」と一蹴し、天の神聖不可侵論に対して、天は木・石と同じで、上空に存在する物体にすぎないとして意思性を否定し、それ以上究明しない。韓愈の論理では柳の流謫《るたく》は、天罰であって天の意をえた天子たる皇帝に危害を加えた果報であるという非難にもなる。

無神論といえば、柳の無神論は徹底していた。祭祀の必要性を疑う合理主義が早くにみられる。監察御史裏行として䄍祭《ささい》▲を担当したときの作「䄍説」では、「神の貌《すがた》」はみたこともなく、神が「祭の饗(供物)」をうけたことも知らない

▼**陰徳陽報**　『淮南子・人間訓』に「陰徳有る者は必ず陽報有り。陰行有る者は必ず昭名有り」(徳・善行を積んだ者には、人目にふれずとも、お天道様はお見通しで、必ず明らかな果報がある)とある。これは、『易経』「乾卦文言伝」の「積善の家は必ず余慶有、積不善の家は必ず余殃有り」に始まる。

▼**䄍祭**　蜡《さ》祭、臘《ろう》祭ともいう。「臘月」年末に南郊で百神に供物を奉げる祭祀であるが、水害・旱魃・病虫害・疫病等々災厄が発生した場合は、その土地神の位を祭壇から撤去して供養しない。『礼記・郊特牲』などにみえる。

柳宗元関係地図

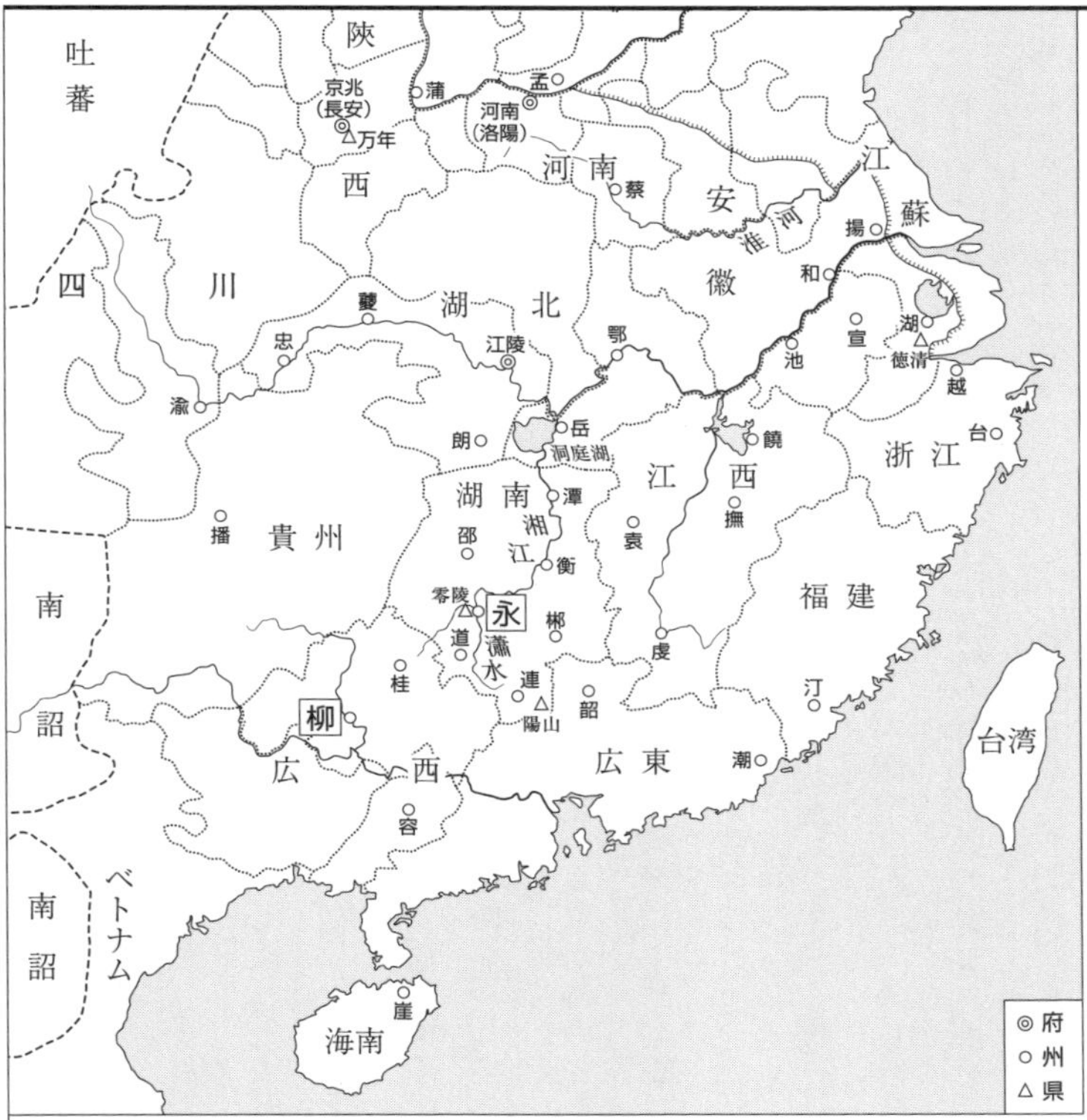

永州愚渓と鈷鉧潭西小丘(右)と「鈷鉧潭」の石刻(左)

と疑う経験主義者柳に対して上司は、祭天して旱魃《かんばつ》に雨を降らせ、善政を知った天神が領地から蝗害《こうがい》を駆逐したなどの史実があると反論する。地方長官も山嶽河川の神を祭祀し、また天に祈雨するなど、民衆にとって州県の長は皇帝＝最高祭祀者と同じ呪術的カリスマ性を分有する存在であった。これに対して柳は、そもそも当地の責任は行政長官たる人にあり、土地神に責任を追及するのは馬鹿げていると反論する。成功は単なる偶然にすぎず、古代の聖人の御代で一〇年に九回の水害、八年に七回の旱魃があったが、天はことごとく聖人を懲罰したのか。これが柳の弁であった。

合理主義者柳は「断刑論」でも、春夏に万物を生育し秋冬に枯死させる天理に従って褒賞を春夏に、刑罰を秋冬に執行する伝統を批判し、さらに霜雪《そうせつ》は「経」(一般法)、雷霆《らいてい》・地震は「権」(臨時の特別法)だとする説に反論して、炸裂した大樹や巨石、凋落した草木に何の罪があるのかと応戦する。「天を言う所以の者は、以て蚩蚩《しし》たる者〔無辜蒙昧《むこもうまい》な民草〕を愚〔愚弄〕するのみ」だ。同旨の合理主義的精神は「時令論」や『非国語』▲の随所にみられる。

▼**『非国語』**　『春秋左氏伝』と同じく左丘明の撰と考えられていた『国語』を非難した作、二巻。南宋本の『柳宗元集』(後述)では正集の末尾に付録されており、「別集」に扱う版本もある。『国語』は春秋時代の集・魯・斉・晋・鄭・楚・呉・越八国の歴史書、二一巻。文彩に富み、また『春秋左氏伝』の「外伝」あるいは『春秋外伝』とも呼ばれたように、「経に近し」と考えられて愛読者が多かったが、『左伝』以上に占い・予言・格言・諺などが多く採録されており、これらが柳宗元の批判の対象となった。夏目漱石が「文学はかくの如き者なりとの定義を」「左国史漢より得たり」(『文学論』)とあげるように、『左伝』『史記』『漢書』はもとより、『国語』は日本でも教養書の一つであった。

盟友劉禹錫の展開

韓愈の書簡は論争に火をつけた。王党の盟友劉禹錫《りゅううしゃく》は、天と人との相関がつくされていないとして「天論」三篇を書いた。「天説」の六倍近い量の大論文であり、柳も真意を汲むのに五、六日を要したという。返信ではやはり「天は人に預《あずか》らず〔無関係〕」が結論であって、三篇は「〔わが〕『天説』の伝疏〔注釈〕なるのみ」と酷評すると同時に、劉が提起した天の生繁させる能力などは「自らする」自己運動にすぎない等々、劉の矛盾・不徹底を詰問した。

柳の冷徹で不遜さえ感じられる態度は「与劉禹錫「論『周易』九六」書」などにもうかがえるが、劉の展開を枝葉末節を飾るものとして理解を示さないのはこればかりではない。柳には形而上学的な議論をきらう性癖がある。例えば柳は「天爵論」を書くが、その意図は孟子が仁義忠信を「天が与えた爵」とする「天」の意思を否定する点にあり、「与」つまり賦与については天の行為ではなく「荘周の天を言いて自然▲と曰う、吾れ之を取る」として、それ以上追究しない。「自然」はさきの「天説」にいう運動原理につうじる。また『非国語』でも地震を「天の棄つる所」とする史載について、天地に充満する陰陽二気の

▼自然　『荘子』に「自然」は五回みえ、「天、之に形を与う。……常に自然に因りて生を益さず」「真なる者は天より受くる所以なり、自然にして易う可からず」が柳の説に近いが、西晋・郭象の注に「天なる者、自然の謂いなり」〔「大宗師」〕とあり、早くは後漢・王充『論衡』が「天道は自然なり、無為」、また「自然」篇に「天動きて以て物を生むを欲せずして物は自ら生まる、此れ則ち自然なり。気を施して者を為さずして物は自ら為す、此れ則ち無為なり」という。

「自動自体」、気自体の運動による結果であり、人事とは無関係であるとする。

総じて劉の分析とロジックは、精緻にしてすこぶる近代的な思惟の営為がうかがえる。「祭韓吏部文」で「子〔韓愈〕の長〔長所〕は筆▲に在り、予の長は論に在り」と自負するように、この「天論」は劉の真骨頂であった。

中江兆民の「天の説」はまさにこの「天説」と「天論」に啓発された名作である。ただし政治・哲学の論ではない。天を大公無私にして、しかし聡明神智とするのは、わが天皇を比喩したゆえの屈折であり、草木繁茂を風雨雷霆が危害するのはとりまきの大官を諷喩《ふうゆ》する。じつに巧妙な諷刺文学である。

無神論・唯物主義の真意

「呉子の『松説』に復《かえ》す」にも形而上学をきらう柳の同様の態度がみられる。永州に流謫されてきた青年官僚呉武陵《ごぶりょう》▲の問い、つまり松の木肌の紋様を例にあげ、人間にみられる「賢不肖・寿夭・貴賤」なども自然界における諸差異発生の原因と同じく「気の寓」(気の寄寓形成)か、「為物者の裁」(宇宙主宰者の創造)かと質問する。劉が「天論」でいう「有宰」「無宰」である。「夭寿・貴賤、皆

▼**筆**　広義の「文」「文章」の文体上の二分法で、漢魏に始まり六朝時代に流行した、詩歌・辞賦など有韻の作を「文」、章奏等の無韻の作を「筆」とする。のちに「文」がおもに詩歌であることから「詩・筆」ともいう。ここでは墓誌・史伝の類が意識されている。

▼**呉武陵**(?〜八三五)　八〇七(元和二)年の進士。翰林院学士を拝するが、八〇八年に宰相李吉甫に罪をえて永州に追放。このとき、呂温は道州刺史に左遷。八一二年、赦《ゆる》されて長安に復帰し、柳の召還に奔走する。文学・思想ともに柳の影響を受ける。のちに李渤《りぼつ》(四四頁参照)の部下として韓方明(内藤湖南のいう空海の書の師)らとともに辟召される。両『唐書』に伝あり。

な禄命有り」(『論衡』解除篇)として、古くから命運と考えられてきたが、韓愈の発言「賢・不肖は己れに存し、貴と賤と、禍と福とは天に存す」を意識したものか。無神論者柳はいっさいを「気の寓」と答えたうえで、「是れ固《もと》より無情なり、窮むるに足らず」としてそれ以上の追究を停止させる。

しかし柳は筆をおかない。「然れども恨む可き者有り」といい、ここに問題意識がどこにあったかを知る。天子のために褒貶昇降を職掌とする者は、「聖人の道を学び、仁義を的にして」いるはずであるが、人物を考査しながら、愚劣で邪僻《じゃへき》で私利私欲で他を害する者を昇格させ、清明で正直純朴で無害なる者を降格させる。これは「無情の物に非ず」、この現実をたださずに松の木肌と造物者を云々とするとは何事か。問題は宇宙の主宰者などではなく、有情の世界、地上の政治を左右する地上の主宰者にあった。この恨むべき状態は千年前(秦漢)からほとんど変わっていないとまでいう。

天意の否定は哲学的な究明が目的でもなければ、宰相・高官に対する羨望や今回の流罪処分に対する怨恨のゆえでもない。極めて政治的な意図による。祭祀や時令でも「聖人の意は神・天に在らず、人に在り」というように、やはり天上の問題と地上の問題を断絶するところに柳の真意があった。政治の是非はあくまでも人間界の人間による問題であり、天の介入を徹底して排除する。そのことの重大を示すのが大作「貞符」である。

王権神授説の否定とその真意

「貞符」は、「平淮夷《わいい》雅（淮夷を平らぐの雅《うた》）」▲（唐雅）、「唐鐃歌鼓吹《どうかこすい》曲」▲（唐歌）とともに巻一に集める。編次を遺言された盟友劉禹錫がもっとも重要とみなした作であるが、これに注目する者は少ない。礼部員外郎のときに執筆したものの、流謫によって中断されたが、聖王の典章として万代に伝えるべきという呉武陵の強い懇願に動かされ、「一たび大道を明らめ、人世に施さば、死すとも憾む所無し。是れを用って自ら決す」と、死刑をも覚悟して完成させた。

「貞符」とは正しい符命。「符」とは割り符・証明書。符命とは天命を示し、天下を統治する天子たる皇帝を任命・保証するもの、具体的には景雲・鳳凰・珍獣等々の祥瑞《しょうずい》▲の出現を天の意と解釈する、いわば中国版「王権神授説」である。

▼**「平淮夷雅」**　「唐雅」。徳宗「罪己詔」が節度使に不介入する和睦策をとって容認して以来、淮西は半独立国状態であり、徳宗朝で軍権を掌握した宦官の指揮する神策軍ではなく、今上憲宗が二臣（宰相裴度・節度使李愬）を派遣して平定し、中央集権を強化した大功をあげてたたえる。淮西節度使李希烈は皇帝を名乗って楚を国号とし、死去後には部下の呉少誠が位に就いて弟の呉少陽、子の呉元済へと世襲。淮西は運河によって米・塩など江淮の物産を洛陽・長安に輸送する要衝にあたり、唐朝の財政上の生命線であった。

▼**「唐鐃歌鼓吹曲」**　「唐歌」と略称される。高祖李淵による建国が暴虐な隋朝とその結果の反乱の平定にあり、「生人の義主」として「仁を以て武を興し」たこと、およびその意を継ぐ太宗李世民による内部の反乱分子の投降と周辺地域の懐柔とによって今日の唐王朝の安定と繁栄の基礎が築かれたことをたたえる。

この作にも無神論・唯物主義をうかがうこともできるが、やはり柳の真意はそこにない。董仲舒《とうちゅうじょ》の天人感応説▲によって司馬相如《しょうじょ》・劉向《りゅうきょう》・揚雄《ようゆう》・班彪《はんひょう》・班固等々、漢代の文士・学者・史官らが祥瑞をかつぎ出して天命思想を宣揚し、後世を誤らせてきた。その罪過を文献に徴して徹底的に暴き、「聖人立極の本」〔統治権の根本〕は「聖人の至徳」と「生人の意」に求められることを、人類の原始共同体・国家形成から始めて、経伝中の言を引いて帰納し、唐代にいたるまで史書中の事例をあげて反証し、すでに皇位にある現王朝の唐代においては称賛するかたちをとって説明しようとする、気宇壮大な論文である。

当然ながら引用と解釈には恣意的なところがある。しかしその操作にこそ思想を築こうとした苦労がうかがえる。そもそも讖緯説《しんい》▲を成す「讖記」「緯書」の類を除けば、『尚書』『毛詩』『春秋』『孝経』などの経書にも記載があるが、今日的観点からいえば、殷朝や堯《ぎょう》・舜《しゅん》の神話時代の英雄譚はアニミズムやシャーマニズムにいろどられており、また「天」〔テングリ〕の思想は易姓革命を王朝交替の原理とした周朝から始まり、殷朝の時代の霊的支配者は「帝」、現実の支配者は「王」であった。符命・祥瑞の記載が経書よりも『宋書』「符瑞志」、

▼祥瑞　瑞祥また符瑞ともいう。唐令にランクの規定があり、景雲・麟・鳳・亀・龍など六四種を大瑞とし、これらが出現した場合は即時表奏し、百官は宮門でそれを慶賀する。白狼・赤兎など三八種を上瑞、蒼烏・朱雁など三二種を中瑞、嘉禾・芝草・木連理など一四種を下瑞とし、これらは年末に礼部員外郎に上奏して廟に報告する。『礼記・中庸』に「国家の将に興らんとするや必ず禎祥有り」。

▼天人感応説　前漢・武帝に儒教の優位を説き、太学に五経博士をおいて国学とした董仲舒による説。天意には天がくだす祥瑞（天授）と災異（天譴）の二つがあるとして天人相関を説き、「天子は天に受命す」という王権神授説を立てた。

▼讖緯説　讖は天から下ったお告げ、「緯」（よこいと）は「経」（たていと）たる儒教経典に隠されているとする真理で、漢代以降流行した未来

『南斉書』「祥瑞志」、『魏書』「霊徴志」など隋唐以前の正史や『文選』巻四八「符命」のように、董仲舒以後に多いのもそのためである。

今、「貞符」が対象とするのは祥瑞であるが、天人感応思想は本来、災異と祥瑞の陰陽両性が表裏一体を成し、災異は天の譴告《けんこく》の意として専制の抑制に機能していた。日食・彗星・地震・旱魃・蝗害・霖雨・洪水のほか、蜂起・反乱・侵入などまでも天意のあらわれとして皇帝は自責する。具体的には正殿を避けて籠り、食膳を減じ、また恩赦をくだし、宮観寺廟では祈禱がおこなわれた。徳宗の蝗害発生による避殿、飢饉による減膳、吐蕃《とばん》侵入による避殿、皇帝が自己反省して自らを罰する「罪己詔」▲がそれである。

しかし太宗が「年穀を豊稔にし天下を乂安《がいあん》〔平安〕にして災を朕が身に移せよ」（六二八年）といい、徳宗が「天は上にて譴《せ》むるも朕は寤《さと》らず、人は下にて怨むも朕は知らず」（七八三年）というなど、民情を憂うのは良しとしても災厄を天の譴責とする基本において、やはり天の意を受けた皇帝のカリスマ性を顕示するものでしかない。さらに無視できないのは、李唐の易姓革命も「高祖〔李淵〕の龍潜〔皇帝となる以前〕するや、〔王〕遠知は嘗て密かに符命を伝え」

を予知する神秘思想。「讖記」は予言書、「緯書」は陰陽五行説・占星術などによる経書の呪術的解釈書。王莽が漢の高祖劉邦伝位の札（符命）を偽造し、漢朝から帝位を簒奪して新を建国したように、易姓革命の根拠として利用された。後述する王遠知が李淵に伝えて唐朝を建てたのもその類の符命があった。

▼**「罪己詔」**　白居易の「賀雨」詩は憲宗の「罪己詔」を詠んでいる。それによれば八〇八（元和三）年冬から翌晩春にかけての旱魃で凶作に苦しむ民情を憂いた憲宗が「罪己詔」をくだした。その七日後に降雨し、「乃ち知る、王者の心、憂楽は衆と同じうす（『左伝』なり）」とたたえて、百官は皇帝万歳を歓呼した。当時この詩は「天下の事を指言す」（元「白氏長慶集序」）る諷喩であると騒がれた（白「与元九書」）。

▼**王遠知**　隋代、茅山派道教の第一〇宗師。煬帝は金丹を求めてまねき、弟子の礼を執るが、隋朝の形勢

(『旧唐書』)たこと、つまり当時著名な道士であった王遠知▲らの捏造した符命と庇護をえて達成されたのであるが、柳はそのことにはまったくふれない。

柳の意図は「唐家の正徳は生人の意に受命す」と断言するところにある。「民は惟れ邦の本」(『尚書』)の民本思想や「天の視るは我が民の視るに自《したが》い、天の聴くは我が民の聴くに自う」(『尚書』、『孟子』)の民意重視の思想に近いが、天意を前提とする点で似て非なるものである。また、天意の存在を否定する祥瑞批判も漢の王充《おうじゅう》▲らに早くからみられたが、政治の根本として王権の根拠を「生人の意」の一点に収斂《しゅうれん》させたのが画期的であった。

他の二作「平淮夷雅」「唐鐃歌鼓吹曲」も同じ趣旨である。「貞符」ともども、唐朝については高祖・太宗二代にわたる道士の予言にはまったくふれることなく、いずれも表面的には賛美するかたちをとりながら、いかに人民が歓迎するもの、つまり「生人の意に受命す」るものであったかを主張する。「唐雅」「唐歌」と「貞符」(一本は「唐貞符解」につくる)は、今上と唐朝創業および両者を貫く政治理念を示した三部作となっている。韓愈にも「平淮夷碑」▲の作があるが、それにいう「唐は天命を承け、遂に万邦を臣とす。……(帝は)神と謀を為

不利とみるや、晋王であった李淵に加担し、符命を伝える。また、各地の道士によって李唐に天命が革わる予言が伝えられる。次子の秦王・李世民も「太平の天子となる」ことを予言した王遠知をまねいて「三洞法籙」を授けられ、のちに即位(太宗)する。

▼**王充**(二七〜?)　後漢初期の思想家、無神論者。当時流行していた讖緯説・陰陽五行説や天人相関説・迷信などを合理的精神と実証的方法によって徹底して批判し、『論衡』三〇巻を著した。はじめ儒学者・歴史家であった班彪に学んだが、批判は儒教・歴史にまで及ぶ。柳は班彪とその子、『漢書』の撰者である班固を、符命の宣揚者として指弾する。両者の哲学思想と学術には相通じるものがあり、その影響が考えられるが、『柳集』に王充の名は見えない。

▼「**平淮夷碑**」　憲宗が裴度の部下として従軍した韓愈に作らせた平定記念の碑文。晩唐の大詩人李商隠

し、以て天誅を訖《お》えん」、これが一般的な理解であった。

天意天命を認めるかぎり、政治の責任は任命者たる天に帰す。しかし、天は上空の黒い物体にして民意を解する存在でも、意思を有する存在でもない以上、政治の責任は宙に浮いたままである。実際には皇帝の専制や宦官の横専を容すことになる。当時、宦官は皇帝の意思や皇帝の廃立、さらに皇帝の生死そのものまでも操り、また節度使・観察使など地方勢力とも結託していた。苦しむのはつねに天の下にいる民草である。これは柳の長安時代の経験による実感から生まれた。

徳宗の時代には天命思想が厳存した。避正殿・減常膳や「罪己詔」の繰り返しがそうである。続く順宗《じゅんそう》や憲宗《けんそう》においても、

上〔順宗〕は即位して……頻《しき》りに雨ふりて皆な以て群小〔王党〕の用事〔執権〕の応〔徴応〕と為す。将に冊礼〔憲宗即位〕せんとするの夕に至りて雨は乃ち止み、事を行うの時に逮《およ》びて、天景は清朗たり、慶雲の見《あら》わるること有り。識者は以為《おもえら》く天意の帰する所なりと。

とは、史官韓愈の『実録』である。祥瑞の報告・献上の義務は『唐令』に規定

（八一二〜八五八）の長篇詩「韓碑」が絶賛するように、後世、名文として知られるが、当初は裴度の功績に重きを置いた記述が李愬派から事実に非ずとして不平が起こり、憲宗の命によって碑石が撤去され、翰林学士段文昌に改めてつくらせた。柳も不満を抱いていたことは劉禹錫が後年述べた記録『劉賓客嘉話録』などにみえる。

されており、慶雲は大瑞にして太平の徴応であるが、たしかに皇帝交替のさいにしばしば出現の報告がなされた。王党が天意に逆らうとして絶対審判がくだされ、皇帝が交替したとするのもこの祥瑞思想によるが、この間じつに多くの祥瑞が出現している。

『柳宗元集』▲の四五巻本の巻三七「表慶賀」におさめる「御史台賀嘉禾表」「礼部賀嘉禾及芝草表」「京兆府賀嘉瓜白兎連理棠樹等表」「礼部賀甘露表」「礼部賀白龍并青蓮花合歓蓮子黄瓜等表」「礼部賀白鵲表」「礼部賀嘉瓜表」「為王京兆賀嘉蓮表」「為王京兆賀雨表」等々がそれを告げている。唐令によれば祥瑞の賀文は礼部員外郎が作成する。これが柳の主要な職務であった。ただし劉禹錫の原編を反映する三〇巻本には、この「賀表」の類はすべて「外集」におさめる。疑わしきは拾遺する方針の四五巻本は、この「外集」あるいは他の資料から拾って正集の「表慶賀」巻に編入したのである。上司に依頼されての作あるいは職務上の作ではあったが、柳は意をもって遺稿からこれらをいっさい除いていた。駢文《べんぶん》による美文の名作が多いが、内容は「貞符」の信念に反していたからである。

▼**『柳宗元集』**　『唐柳先生文集』『唐柳河東集』『柳文』などと呼ばれる。劉禹錫が柳宗元から遺稿を託されて三〇巻に編次した。大きく分けて三〇巻本と四五巻本の二系統がある。南宋に永州で三〇巻本の系統が官刻され、その残巻が現存する。四五巻本は北宋初期に穆修《ぼくしゅう》が収集し、さらに北宋末に沈晦《しんかい》が「外集」を補遺したもので、この系統は数種類の南宋刊本や鈔本が現存する。

これらは高官から、とくに節度使・観察使・刺史など、皇帝の歓心を買おうとする地方長官から進献と同じく皇帝や宦官へのつけ届けとともに送られ、宦官の管理する皇室私庫「内庫」にはいり、正月朝賀で百官に披露された。宦官は贈収賄の震源であった。さらに唐令によれば祥瑞の報告は「考課」勤務評定や褒賞に直接関わった。

これと対称的であったのが韓愈である。韓愈には「代宰相賀雪表」「代宰相賀白亀状」の代作のほか、「河府中連理木頌」「賀徐州張建封僕射白兔書」「賀慶雲表」「賀雨表」「賀太陽不虧表」「奏汴州得嘉禾嘉瓜状」などがある。このなかで「賀「慶雲」表」は、憲宗に「論仏骨表」▲を上奏して潮州刺史に流謫された韓愈が袁州刺史に移されたとき、配所で「殊常の慶を覩《み》」たことを報告したものであるが、「位を嗣ぐの初め、禎祥（祥瑞）は継ぎて至る。昇平の符（即位の符命）は既に兆しあり、仁寿（仁徳長寿）の域に以て躋《のぼ》らん」とたたえたのは、この年、穆宗《ぼくそう》（在位八二〇〜八二四）が即位したからである。

大瑞は即時報告、また礼部の検閲をへずに直接報告することができた。祥瑞報告は地方から皇帝に意思疎通可能な方法でもあった。はたしてこの直後、韓

▼**「論仏骨表」**　韓愈思想を示す代表作の一つ。法門寺の三〇年に一度の開帳にさいして憲宗が宮中に仏舎利を迎えて国家安泰を祈願したことに対し、夷狄の法を護持することの非を説いた。韓愈の「平淮夷碑」が撤去されたのはその前年であり、宰相にはかつて王党八司馬であった程异が加わった。韓愈の上表は憲宗の逆鱗にふれ、極刑に処せられるところを、裴度の弁護によって潮州（広東省東部潮州市）に左遷、翌年に袁州（江西省西部宜春市）に移された。韓愈はその地で、母の棺を運んで衡州まで北上していた劉禹錫を介して柳宗元の訃報に接した。韓愈「柳子厚墓誌」には一説に程异に対する批判の意があるという。

法門寺

▼封禅　皇帝が泰山に詣でて天と地に天下太平を報告し、感謝する儀式。『史記』巻二八の「封禅書」に詳しい。秦の始皇帝以後では、漢の武帝、隋の文帝など数人しかおこなっておらず、唐朝では高宗と玄宗がおこなったのみである。

愈は国子祭酒として召還された。また、「賀徐州張建封僕射白兔書」では、当地に出現した白兔の特徴を州長官の善政に感化されたものとして、「其れ事の兆なり。是れ宜しく跡を具して表聞し、以て天意に承答すべし」と結ぶ。柳の代作「京兆府賀嘉瓜白兔連理棠樹等表」中の「白兎」がそれである。しかし柳にいわせれば、感化は兎ではなく、「人《たみ》に及ぼす」ものである。韓愈が天意を信じたかどうか疑わしいが、潮州刺史に流謫されたとき、憲宗の淮西平定をたたえるのは良しとしても、あろうことか皇帝のみが天と交感する儀式である封禅▲の挙行を建議し、自ら同行を願い出ている。天命を否定する柳には認められるはずはなく、「貞符」では『尚書』にも記載なしとして一蹴する。

　これら膨大な量の祥瑞が政治におよぼす影響は甚大であった。これによって皇帝を頂点とする中央から地方にいたる王土王民はすべて良好であるとする、皇帝と下民を欺瞞する政治がおこなわれる。徳宗朝でも「禁奏祥瑞（慶雲）」「禁貢珍禽異獣」が、また憲法朝でも同様の禁奏禁貢の詔《みことのり》が出されたにもかかわらず、いっこうにやむことがなかった。禁令の発布はいずれも即位の直後、つまり自己の即位の保証として活用されたあとであるが、その後も在位の正当を保証する尊号▲の根拠とされた。存続は因習のゆえではない。報告者と報告を受ける側の双方が受益する都合のよいシステムとして機能していたがゆえに因習となっていた。

　官吏は祥瑞の報告で褒賞・昇格をえ、皇帝は祥瑞の報告で天の保証をえる。そこで天下は太平、人民は平安という王道楽土が延々と演じられる。知らないのは裸の王様であり、新楽府▲が現実の取材を第一と考えたのもそのためである。この吉祥で満ちた華麗なバーチャルを映ずる装置を撤去するには、一〇〇〇年来、経伝の記載で保障されてきた堅牢な儒教神学体系の破壊が必要である。しかし、ことは今上皇帝の存立に直接関わり、大逆罪にもあたる。「死すとも憾《うら》む所無し」とは上奏文での常式「昧死」「死罪」に類する虚礼でもなく、誇張でもなかった。

▼尊号　在位の皇帝に臣下がその徳行・治績をたたえて奉る称号で、例えば憲宗は「元和聖文神武法天応道皇帝」が贈られた。高宗の「天皇」、武后の「天后」「聖母神皇」に始まる。この制度は遣唐使によって日本に伝えられ、孝謙天皇に「上台宝字称徳孝謙皇帝」(七五八年)が贈られている。

▼新楽府　李紳・元稹・白居易らによって「音楽の道は政道に通じる」(新楽府「法曲」)との理解から『詩経』の諷喩の精神に回帰するという大義で始められた、社会・政治の現状をジャーナリスティックに批判するルポ的な詩歌文学である。

③—官吏公僕論とその前後

両税法の弊害と改革

柳宗元は「貞符」の作では天意を否定するにとどまらず、符命は「生人の意」にあると断じた。いささか空想的民主主義のようにも映るが、たしかに柳にはそのような思想が認められる。それを示すのが、多くの漢文教材が採録する千古の名篇「送薛存義《せっそんぎ》之任序」であるが、その前に当時の官吏の実情について少しふれておく。

柳は「田家」詩で、苛政の現実を克明に詠んでいる。

蚕糸は輸税〔夏税〕を尽《お》え、機杼〔梭〕は空しく壁に倚《よ》る。里胥〔里正〕は夜に経過《おとず》れ、（民は）鶏黍もて筵席に事《つか》う。各おの言えらく「官長は峻《きび》し、文字もて督責すること多し。東郷は租期に後《おく》る。車轂〔車輪〕の泥沢に陥ればなり。公門《おかみ》は推恕〔酌量容赦〕すること少なく、鞭撲して狼藉を恣《ほしいまま》にせり。努力して経営〔秋税〕に慎しめ、肌膚は真に惜しむ可し」と。迎新は此の歳《みのり》に在り、唯だ前跡に踵《つづ》かんことを恐るるのみ。

白居易の詩歌分類「諷喩・閑適・感傷〔古体〕・雑律〔近体〕」でいうならば、まさに諷喩の新楽府であるが、このような作は柳にはこの一首しかない。詩歌そのものが少ないのは、文と詩の機能を分けて考えており、下民の窮状はこのようなルポの手法をとらず、文によって暴き、原因を探り、道理を示す方法をとったからである。「種樹郭橐駝《かくたくだ》伝」もその一つである。植木職人をとおして官吏の苛政をつぶさに描き、植物のもつ本性に従って自由に繁殖させる自然の理を、本来の政治の姿として「官戒▲」となした。

吾れ郷に居て人《たみ》に長たる者〔刺史・県令など〕を見るに、好んで其の令を煩わしくするは、甚だ憐れむが若《ごと》くなれども卒《つい》には以て禍いす。旦暮《あさくれ》に吏〔胥吏〕来たりて呼びて曰く、「官命あり。爾《なんじ》が耕を促し、爾が植を勖《つと》め、爾が穫を督《すす》む。蚤《つと》に而《なんじ》が緒を繅《つむ》げ、蚤に而が縷を織れ、而が幼孩を字《やしな》え、而が鶏豚を遂《そだ》てよ」と、鼓を鳴らして之を聚め、木を撃ちて之を召す。吾れ小人〔民〕は飧饔《あさくれ》〔飯〕を具《そな》えて以て吏者を労《ねぎ》らうにすら且つ暇を得ざるに、又た何を以て吾が生を蕃《しげ》くして吾が性を安んぜんや。故に病みて且つ怠る。

▼官戒　官吏の心得《こころえ》、「官箴《かんしん》」ともいう。早くは武則天の命を受けて周思茂等が撰した『臣軌』(六七五年)二巻があり、また五代十国の後蜀の皇帝孟昶「誡諭辞」二四句(九四一年)中の「爾俸爾祿、民脂民膏、小民可欺、上天難容」(爾が俸祿は、民の汗膏。小民は欺けてもお天道様はお見通し)は有名。臣下の作としては門閥貴族から科挙出身者による政治体制となった宋代から流行する。南宋・呂本中『官箴』一巻(三三条)はまず「清、慎、勤」をあげる。官吏となることで自己の栄達や一族の繁栄を築かんとしていた士人は、新楽府のように民の窮状を訴えることからその実情に対する官吏としてのあり方を問うようになった。

これは永州のことではない。天子のお膝元、帝都長安の実情である。

ここに登場しているのは胥吏▲である。高宗の詔《みことのり》に「賦役を徴科し兵防を差点(徴兵)するに銭無ければ則ち貧弱は先に充てられ、貨を行《や》れば則ち富強は免るるを獲たり。亦た郷邑の豪族有りて其の造請(訪問)を容れ、或いは酒食もて交往《もてな》し、或いは妻子もて去還《つかえ》しむ」(「申理冤屈制」)と認識されているように、彼らへの供応接待は一〇〇年以上前から変わっていない。昨今の日本や中国の事情も五十歩百歩である。むろん悪官・貪官・汚吏・酷吏の存在は否定できないが、むしろ肥大化した官僚制度の、いわゆる逆機能▲のほうが重大である。命令・法規や職務に忠実であろうとして、コンプライアンスの意識を徹底すればするほど、柔軟な対応は困難となり、またとるべきではなかった。彼らには服従あるのみで裁量権はない。そのような対応をとれば越権であり、違反である。依法・階層・公正・機能を追求すれば、メガ官僚体制では避けられない深刻な問題となることは今日でも常態化している。当時、徴税などの実務は胥吏など下級役人に委ねられたが、彼らへの追及は抜本的な解決にはならない。むしろ柳らが非難するのは権限を有するキャリア官僚「人《たみ》に長たる者」であった。

▼胥吏　官僚品階制の外にある庶民で、中央から派遣される官の委嘱によって当地の人民に直接接して実務を担当する下級の事務職員。官に対して吏ともいう。当地の豪族・荘園主・上戸などがこれにあたり、徴税や役夫を徴発し監督をおこなったが、両税法施行以後、各戸の資産・土地の等級を操作した。

▼逆機能　dysfunction。M・ウェーバー(一八六四〜一九二〇)が官僚制の高い合理性や能率性を説いたのに対して、のちにR・K・マートン(一九一〇〜二〇〇三)などによって「病理」現象・「生理」現象として提起された、規則万能・形式主義・繁文縟礼・縄張り意識・責任回避など、非能率の弊害。

かつて饒州《じょうしゅう》(江西省波陽市)刺史となった元洪《げんこう》は自分の後任として王党の一人、当地饒州の員外司馬に流罪されていた韓曄《かんよう》を指名した人物である。南宋の『輿《よ》地《ち》碑記目』▲によれば饒州に「柳子厚『與元饒州書』」が刻石されていたが、後任に範を示すために元洪が刻したのであろう。

元洪は徴税改革について、流罪者である劉禹錫と柳宗元に意見を求めた。当時施行されていた両税法▲は大量の逃民客戸を生み、貧富格差を拡大する一途であった。貧戸を減税すべく「郷・社▲の治を先にし、以て挙郡に浹《わた》る」「一社一村の制」の立案に対して劉は、時勢に従って改革すべしと賛意を示したうえで忠告する。

まず現状の原因について、⑴悪官汚吏の類は論外のこと、下民の困窮を知る刺史であっても「修身」「簡廉奉法」の態度、つまり政事の簡易と自身の清廉とに甘んじて旧法を遵守することを最善とする実態を暴く。当時流行の「吏隠」や「独善」▲、実際には山水を愛で詩を唱和する閑居養生の輩は、長官として不作為の責めを負うべきである。⑵また、「故《ふるき》を革むれば悔ゆるもの有り、民を料《はか》れば擾《みだ》ること多し(旧法を改革すれば不満が起こり、実情(民戸数)調査

▼**『輿地碑記目』**　南宋・王象之が撰した歴史地理書『輿地紀勝』二〇〇巻(一二二七〈宝慶三〉年序)は、府州・県の沿革、風俗形勝・景物・古迹・官吏・人物・仙釈・碑記・詩・四六(文)など一二門に分けて構成されており、その「碑記」門。当時、当地に存在した碑文・石刻などを記録する。

▼**両税法**　徳宗即位後の七八〇(建中元)年、宰相楊炎の建議によって実施。有産戸を納税者「税戸」「主戸」とし、資産額に応じ丁口を考慮したうえで等級を確定して戸税(銭納)、耕地面積に応じて地税(物納)とし、夏(六月)と冬(十二月)に分けて徴収。無産の「客戸」は課税なし。

▼**郷・社**　県下の行政区画。唐制では本来は一〇〇戸を「里」、五里を「郷」とし、それぞれ長「郷正、里正」をおいた。「社」は周礼では二五戸、ここでは単に末端の集落をいう。自然集落は「村」を単位とした。

▼**独善**　『孟子』の「窮すれば則ち独り其の身を善くし、達すれば則ち兼ねて天下を善《よく》す(済《すく》う)」に始まる。この独善と兼済は白居易の「与元九(稹)書」で繰り返され、また白居易の「江州司馬庁記」などにもみえる彼らの処世術であった。

すれば騒動をまねきかねない〕」。(3)長官本人の「心は棖闑《とうげつ》(官署)の内に清く、権は胥吏の手に移る〔官僚制の逆機能、事なかれ主義、形式主義が現実には胥吏のし放題をまねいている〕」。(4)それを恐れず、「調賦の権は猾吏に関らせず、逋亡の責(債)は豊室に遷さず〔徴税の権限は狡猾な小吏に任せず、逃戸の債務は荘園主に負担させない〕」、そのために改革と事前の調査が必要である。問題は胥吏の専横ではなく、むしろそれを黙認している長官の不作為にある。

元・劉二人の書簡を受け取った柳は、劉が官吏問題に注目したのに対して元洪の改革案の「貧者を免じ、富者の税を益さず」という、富戸問題について補足する。元洪の案は、逃亡した貧困の民を佃戸として囲い込む富戸を増税すればその負担は佃戸にまわるという理解によるが、(1)徴税の乱れは賄賂にあり、貧戸はもとよりその余裕などなく、富戸は官吏に贈賄して脱税する。(2)富戸は貧戸に土地を賃貸して収穫の半分を徴収し、ある者は高利貸しをおこなって、二、三倍の利をえている。(3)騒動の惹起を恐れず、実情を調査したうえで改革すべきであり、既存の規則を墨守する必要はない。(4)「富室は貧(戸)の母なり、誠に破壊す可からず」、富戸に増税すべきではあるが、富戸は貧戸の母体であ

柳宗元・韋応物等姻戚関係表

<table>
<tr><td colspan="2" rowspan="8"></td><td colspan="8">楊</td><td colspan="2">韋</td><td colspan="4">元</td><td colspan="5">韋</td></tr>
<tr><td colspan="8">儉</td><td colspan="2" rowspan="3">挺</td><td colspan="4" rowspan="3">義端</td><td colspan="5" rowspan="2">崇德</td></tr>
<tr><td colspan="4">文异</td><td rowspan="7">柳</td><td colspan="3">文偉</td></tr>
<tr><td colspan="4">峻</td><td colspan="3">榮</td><td colspan="4">弼</td><td>會</td></tr>
<tr><td colspan="4">德立</td><td colspan="3">恪</td><td colspan="2">待價</td><td colspan="3">延祚</td><td>延景</td><td colspan="4">伯陽</td><td>仲昌</td></tr>
<tr><td colspan="4">餘慶</td><td colspan="3">元政</td><td colspan="2">令儀</td><td colspan="3">平叔</td><td>悱</td><td colspan="4">迢</td><td>浼</td></tr>
<tr><td colspan="4">隱朝</td><td colspan="3">志玄</td><td colspan="2">鑾</td><td colspan="3">挹</td><td>寬</td><td colspan="2">夏卿</td><td colspan="2">正卿</td><td>執誼</td></tr>
<tr><td colspan="4">燕客</td><td colspan="3">成名</td><td colspan="2">應物</td><td>女蘋</td><td>錫</td><td>洪</td><td>積</td><td>女叢</td><td></td><td>珩</td><td>瓘</td><td>昶</td></tr>
<tr><td colspan="2">白</td><td>?</td><td colspan="3">寧</td><td>憑</td><td>凝</td><td>凌</td><td>女</td><td>慶復</td><td></td><td>繇</td><td rowspan="2">晦</td><td>道護</td><td></td><td>延範</td><td></td><td></td><td>布震</td></tr>
<tr><td>行簡</td><td>居易</td><td>女</td><td>魯士</td><td>虞卿</td><td>汝士</td><td>宗元</td><td>女</td><td>晦之</td><td>儀之</td><td>敬之</td><td>退之</td><td></td><td></td><td></td><td></td><td></td><td></td><td></td><td></td></tr>
<tr><td>景受</td><td colspan="2">――――</td><td>女</td><td></td><td></td><td></td><td></td><td></td><td></td><td></td><td></td><td></td><td></td><td></td><td></td><td></td><td></td><td></td><td></td><td></td></tr>
</table>

り、農業を捨てて工・商に転業する可能性があるから、課税は収入の一〇%が適当である。(5)富戸の資産隠しは巧妙になる一途であるから、「民の産を以て征(徴税)を為すを欲せず」「其の産を捨《お》きて唯だ丁・田のみを之れ問い、推すに誠質を以てし、示すに恩恵を以てし、吏を厳責するに法を以てす」、つまり資産ではなく、丁口《ていこう》と田地の調査を誠実におこなう。(6)結論は「夢得(劉)の云う者《こと》と同じ」。「故を革む」「民を料る」、旧法を墨守せず、改革に向けて実態調査をおこなうことでの一致を謂う。

「豊・富」「弱・貧」は制度上の用語ではなく、実体的な概念であり、「主戸」の大なる豪族・荘園主と逃亡して佃戸となっている「客戸」をおもに指す。つまり、荘園で雇用されている佃戸の丁口と耕地面積を徹底調査して荘園主の搾取を抑制する、具体的には五〇%搾取されていた小作料を一〇%にとどめ、胥吏を監督する必要を説く。なぜ劉・柳はまず調査の徹底を説くのか。

両税法施行後の七八八(貞元四)年、制詔によって徴税基準となる査定は三年ごとが常式となったが、まったく実行されず、かつ刺史は「簡、廉、奉法」を善しとしていた。宰相元稹《げんしん》(七七九~八三一)は、八二二(長慶二)年に左遷され

●—**楊敬之**（楊凌の子、韋応物の婿）**撰「韋慶復墓誌」**（部分）　二〇〇七年出土、西安碑林博物館蔵。

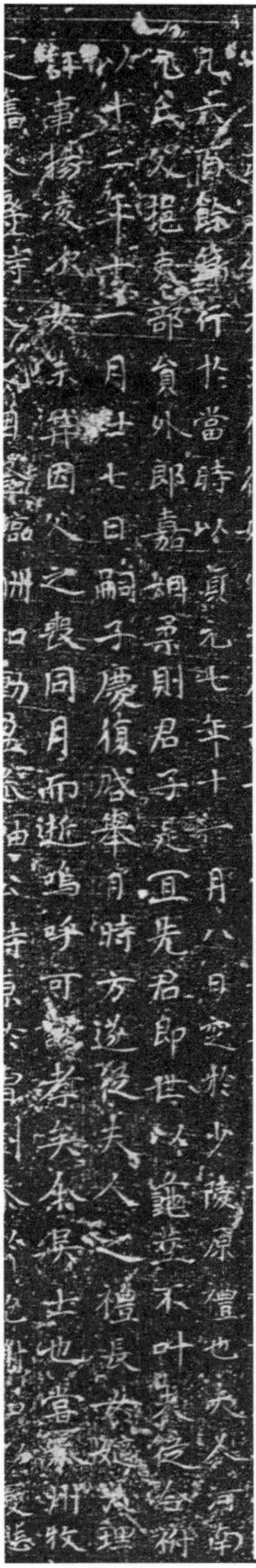

●—**丘丹撰「韋応物墓誌銘」**（部分）　二〇〇七年出土、西安碑林博物館蔵。「夫人河南元氏、父挹。……嗣子慶復。……長女適大理評事楊凌」とある。

て初めて地方長官の任に就き、「貞元四年に検責せしより今に至るまで已に是れ三十六年なり。……百姓の税額は已に定まり、皆な是れ虚額徴率なり」の現実を目のあたりにする。三六年間も気づく刺史がいなかったとは信じがたいが、八一九(元和十四)年、渭南《いなん》県(陝西省渭南市)に通りかかった李渤《りぼつ》▲も同様のことをいう。長源郷《ちょうげんきょう》は旧四百戸が百余戸に、閿郷《ぶんきょう》県(河南省霊宝市)は旧三千戸が千戸に激減しており、原因は「逃戸の税を以て比隣に攤〔分担〕し、駆迫して倶に逃するを致す。此れ皆な聚斂の臣の下を剝ぎ上に媚びるなり。其の他の州県は大率《おおむ》ね相似たり」(『通鑑』)というから、全国的な現象であった。元洪の饒州赴任は元和五年、貞元四年から二〇年以上経過している。この矛盾に気づき、改善に着手したのは元洪だけではなかった。

八一〇年、衡州(湖南省衡陽市)刺史に着任した呂温は「昨《さき》に旧案を尋ね、閭里に詢問するに、前の徴税を承けて並びに等第〔資産別等級〕無し。又た二十余年、都《すべ》て定戸〔査定〕せず」(「簡獲隠戸奏」)、二〇年以上も等級分けもなければ査定もなかったことを知り、「臣、敢えて因循せず、法を設けて審定し」た結果、原簿上は一万八四七〇戸、「貧窮・死亡・老幼・単孤」(一万二一三戸)な

▼**李渤**(七七三〜八三一)　字は濬《しゅん》之《し》、号は白鹿先生。貞元中に兄の李《り》渉《しょう》とともに廬山・嵩山に隠棲していたが、八一三(元和八)年に左拾遺として徴用され、補闕・考功員外郎・給事中などの要職を歴任し、また虔州刺史・江州刺史などに左遷された。八二五(宝暦元)年には桂管観察使(桂州)となり、幕下に呉武陵《ごぶりょう》や韓方明がいた。武陵は柳宗元の召還に奔走した人物。韓方明は内藤湖南(一八六六〜一九三四)が空海の書道の師と考証した韓方明であろう。桂林南渓山に李渤・李渉の詩文を、韓方明が得意とした八分書《はっぷん》(隷書体の一種)で書いた巨大な摩崖石刻が現存する。

どの免除者を除く納税主は八二五七戸であったが、今回の調査で「所由隠蔵不輸税戸」一万六七〇〇戸の存在が判明した。つまり納税戸七〇%近くの税収が「所由」所管者によって隠匿横領されていた事実が発覚した。

多くは豪族や寺観などの荘園の佃戸となり、しかしその配下で酷使苛徴されていたのである。むろんこのカラクリは胥吏のみでなく、県・州の官吏も承知しており、帳尻があえばあえて改定に心身を労する必要はないとして上前《うわまえ》をえていた。八二四年には五年一査定の勅が出される。気づいても改革に着手する刺史が数十年もいなかったのは、双方受益のシステムとなっていたからである。

官吏公僕論

「送薛存義之任序」はこのような現状のなかで生まれる。八〇九(元和四)年頃の作である。二年にわたって永州零陵県の仮令《かれい》▲を務めた薛存義の異動にあたって員外司馬柳宗元は送別文の冒頭で「凡そ土に官たる者、若《なんじ》は其の職を知るか」と檄をとばす。薛は模範官吏であって、対象は全国の官吏であった。およそ政治とは何か。韓愈「原道」は「君なる者は令を出だす者なり、臣なる者は

▼**仮令**　臨時の県令、県の長官。永州を管轄下におく湖南観察使(潭州)によって、湘源県令から臨時に零陵県令として派遣された。当時、刺州・員外司馬はいたが、県令は不在あるいは処罰されていた。南方の僻地では司馬や県令のみならず刺史にいたるまで、欠員が多かった。のちに柳は柳州刺史となり、員外司馬も俸禄をえている以上、行政に関与させるべきことを上奏する。

君の令を行いて之を民に致す者なり、民なる者は粟米麻糸を出だし、器皿を作り、貨財を通じて、以て其の上に事《つか》うる者なり」と定義する。政治とは臣下が王令を遂行すべく、官吏たる臣下が民に賦役を課すことである。韓は文を続けて臣・民がそれをはたさなかったときは「則ち誅す」と結ぶ。官吏のみならず、民自身もそのように自覚していた。社会通念であった。官吏は皇帝の下僕であるがゆえに貴い。官尊民卑は周朝以来の王土王民▲思想である。しかし、あろうことか柳はこれを逆転させる。これがかの名言「民の役《つかい》にして民を役するに非ず」である。この官吏公僕論の根拠は経済原理にある。官吏の俸禄は租税からくる、租税は民からくる、ならば民が賃金を支払って官吏なる者を雇用するのである。この原理を柳は「勢〔形勢〕は同じからざれども理は同じ」と呼ぶ。

この官民主従逆転説は、律令制解体後の経済体制によって可能となった、経済論の政治論への適用である。周朝より王土王民の思想は深く根を張り、また最近発見された「二年律令」▲によって漢代には無爵者にも授田されていた史実が判明したが、北魏より施行された均田制は唐代にも継承され、それが民に土地を貸与(口分田)・給付(永業田)し、それに応じて租庸調を上納させるシステ

▼王土王民　天下の土地と人民は天命を受けた帝王の所有であるとする思想。『詩経』小雅に「溥(普)天の下、王土に非ざるは莫く、率土の濱、王臣に非ざるは莫し」、また『韓非子』説林にもみえる。「臣」は臣民。古義では奴隷の意で、「僕」と同じ。

▼「二年律令」　一九八四年一月、湖北省荊州地区博物館が発見した江陵県張家山の漢墓から出土した竹簡のうち、前一八六(前漢呂后二)年発布の律令。「戸律」に無爵者について「公卒、士伍、庶人は各一頃。司寇、隠官は各五十畝」とある。

▼胡懐琛(一八八六～一九三八)　原名は有懐、清末・民国の学者。九歳で童子試に応じ、二〇歳で科挙に応じるが、清帝の諱《いみな》を忌避しなかったため追放される。『万有文庫』古籍部門の編集、上海通志館で編纂などを歴任。著に『柳宗元文』(商務印書館、一九二八年)などがある。

ムであったことによって、王土王民は強く実感されていた。

また官吏にあって、官職は「代耕」(『礼記』)であるとの意識もあったが、唐代では爵位に応じて与えられる「食邑」〔領主に封ず〕制度が、必ずしも実封ではないにしろ、同様の意識を維持していた。この段階での官民転倒の思想形成は容易ではない。しかし安・史の乱にいたって三〇〇年来のシステムも有名無実となり、続く両税法への転換によって完全に消滅する。均田制の崩壊は王土王民の感覚を希薄化し、かわって生まれた地主と佃戸の雇用関係と貨幣経済の浸透、商業活動の活発化とが官民主従転倒の考えを生み、理解を容易にさせたであろう。

この論に敏感であったのは民国初期の革命家たちである。胡懐琛《こかいちん》▲は「此の篇は民権の理を闡明《せんめい》し、遠く黄梨洲『原君』の前に在り」といい、のちに「中国のルソー」とも称される黄宗羲《こうそうぎ》▲以前の民権主義者として柳宗元を位置づける。章士釗《しょうししょう》▲にいたっては、「此の言を尋ぬるに革命を暗示するに等し」と絶賛する。深読みのようにも思われるが、「貞符」と結合させれば、天命から絶縁された皇帝も、ピラミッドの頂点に鎮座するとはいえ、もはや官僚層内の一存在でし

▼**黄宗羲**（一六一〇～九五）　明末清初の思想家。著に『明夷待訪録』がある。黄宗羲思想の発見と「中国のルソー」の呼称は、中江兆民が「東洋のルソー」と呼ばれたのちのことである。中国語での「東洋」とは日本を指し、明治以来の日本漢語でいう「西洋」the West に対する the East ではない。つまりアジアや東アジアにはかさならない。ただし中江の翻訳『民約論』は漢文で書かれていたため中国でも読まれており、「東洋のルソー」の「東洋」は中国でも the East を指すと考えられていたと思われる。

▼**章士釗**（一八八一～一九七三）　中華民国・中華人民共和国の政治家・学者。清末、日本・イギリスに留学。中華人民共和国成立後、全国人民代表大会湖南省代表・政治協商委員会常務委員・中央文史研究館館長などを歴任。文革期に出版された代表作『柳文指要』一三冊一百万字は柳宗元研究の不朽の名著。

▼**巫覡**　みこ・かんなぎ・シャーマンの類。神との交信や神降ろしをする霊能力をもつとされ、女性を巫、男性を覡と呼ぶ。その習俗はすでに『楚辞』にみられ、柳宗元「道州毀鼻亭神記」に「楚俗は鬼（鬼道）を尚びて諭り難し」という。『礼記』に「淫祀無福」とあり、儒教に反するものとして妖師・淫祠邪教（カルト）は取り締まりの対象とされた。

かない。そうならば、理論的には、最高官僚として「民の役」ということになろう。

この官民主従転倒説も、「貞符」と同じ性質の現実問題に発する。「零陵三亭記」「永州刺史崔敏墓誌」などによれば、当時、永州で農民騒動が勃発し、汚吏・妖師の粛清、淫祠の一斉摘発がおこなわれた。饒州とは違って問題はより複雑である。永州は楚の南にあって『楚辞』で知られるようなシャーマニックな土着宗教が発達していた。土豪・荘園主となっていた祠廟主の巫覡《ふげき》▲らは当地の出身者で構成される下級役人と結託し、邪教妖術によって民を操り、民を騙し、老弱や寡婦にいたるまで、過酷な徴税徴発をはたらき、労役に駆り立て酷使していた。中央の、荒唐無稽な天意を利用して祥事瑞物に群がる神権政治もこれとなんら変わらない。たえかねた無辜蒙昧《むこもうまい》な農民たちは刺史に哀訴し、ついに逃亡した。

永州での名作「捕蛇者の説」は、孔子の「苛政は虎よりも猛し」を懐疑していた柳が苛政は蝮《まむし》よりも猛き当地の現実を知って、官吏に向けて筆をとった作である。それでもこの土地にしがみついていた民たちが騒動し、いっせいに逃亡したのである。そこで事に対処すべく派遣されたのが薛存義であった。州県が検挙した「黠吏〔狡猾な小役人〕」「妖師」は数百人、取り壊した「淫祠」は千余室。薛らの功によって「門には胥吏の席を施さず、耳には鼛鼓《おおつづみ》の召を聞かず、鶏・豚・糗《めし》・醑《さけ》は宗族に及ぶを得」た。柳の「送序」中で繰り返される「民は敢えて其の怒りと黜罰《ちゅつばつ》〔退け罰する〕とを肆《ほしいまま》にすること莫し」にはこのような事件が背景にあった。

この騒動は小規模なもので終わったが、「封建論」や「貞符」でも周や隋の滅亡を、官人の反乱ではなく、民衆の蜂起に端があったとする。はたして歴史は柳が予言したように動いた。約七〇年後、唐王朝は農民反乱、黄巣《こうそう》の乱▲を契機にして崩壊する。ルソーの著書がそうであったように、無辜な民は愚昧ではなく、「敢えて其の怒りと黜罰とを肆にし」、かの「陛下、暴動ではなく革命です」▲の事態をまねいたかもしれない。当時、永州の農民は逃亡というかたちで抵抗するしかなかったし、柳自身にも農民一揆を煽動するような意図は毛頭ない。まずは「賦税を充たし禄秩を養いて己を足らし」(「答元饒州論政理書」)め、「其の心は、其の秩を遷さんことを思うのみ」(「封建論」)であり、自己の利益し

▼黄巣の乱(八七五～八八四)　三〇〇年近く続いた唐朝の末期、一〇年にわたった農民大反乱。塩の密売商人の王仙芝(?～八七八)が山東で蜂起すると、科挙を断念して塩の密売商人となっていた黄巣(?～八八四)はこれに呼応し、各地で勃発していた大小の民衆反乱を吸収して、僖宗の亡命した四川を除く中国全土を征圧。黄巣は長安を陥落させると自ら皇帝を称して大斉を建国した。部将の朱温(のちの全忠)の寝返りや唐朝の討伐軍によって大敗するが、唐朝滅亡(九〇七年)の契機となった。朱全忠は景宗(哀帝)より禅譲され、後梁を建国する。

▼革命　パリの民衆がバスチーユ牢獄を襲撃したとき(一七八九年)に、国王ルイ一六世が尋ね、側近が答えた言葉。フランス革命の始まりとされる。

か眼中にない官吏、また吏隠・「独善」に胡坐《あぐら》をかいている不作為の官吏自身の意識を改革しようとする、ショック療法のような啓蒙の段階であり、フリードリヒ大王の「朕は国家第一の下僕(公僕)なり」にはほど遠いが、世界史がその方向に進むことを先取りした一歩ではあった。

「民の役」であった官吏たち

官吏公僕の檄文は一二〇〇年以上前、最澄・空海の入唐時のことであり、論理をもてあそぶ絵空事とも思われようが、柳宗元のごく身近にはすでにそのような人たちがいた。

まず、「官吏は民の役なり」は柳の名言ではない。李白の墓誌を撰したことで知られる范伝正《はんでんせい》の兄、范伝真《でんしん》に始まる。八〇四(貞元二十)年、武功県尉をへて宣州寧国県令▲を拝した伝真は

夫れ吏為《た》る者は人《たみ》の役なり。人に役せられて其の力に食めば報ゆること無かる可けん耶。今、吾れ将《まさ》に其の慈愛・礼節を致して其の欺偽・凌暴を去り、以て斯の人に恵み、而る後に其の禄有らんとす。

▼寧国県令　寧国は今の安徽省宣城市の東南、寧国市。上県で、県令は職事官従六品上。京兆府武功県尉の従八品下よりも高いが、当時は仕官を京官ではたし、畿県の尉(王都周辺の県尉)の外官を経験してから京官に昇進するのがエリートコースであった。柳「送寧国范明府詩序」に詳しい。

●永州八記の一　袁家渇

●永州柳子廟

●永州零陵県三亭址

といい残して向かった。やはり官吏の俸禄は人民への奉仕の代償であるとする公僕の考えである。おそらく孟子の「人を治むる者は人に食《やしな》わる」にヒントをえている。柳は友人を代表して、同僚であった監察御史范伝正が語った兄の言葉を書き記した。

王党が占めていた監察御史の職掌「六察法▲」第六に「黠吏・豪宗(豪族大家)の兼併・縦暴、貧弱・冤苦の自申する能《あた》わざる者を察す」とあるように、監察御史はもっとも民情を知るべき官職であった。寧国県での治績は未詳であるが、隣県の大干拓事業は有名である。八〇九(元和四)年に南陵県令を兼任しては、「人を利する」ならば非難されても後悔なしと、荒土の開墾を決断し、県民を統率して石堰三〇〇歩を敷き、六〇里におよぶ地を灌漑して千頃もの耕作地をえた。のちに韋瓘《いかん》(七八九〜?)が「南陵県大農陂記」で「形疲を知らず、苦骨を憚らず。民力を残《そこな》わず、金刀を費さず」のみならず、大規模な水利工事であったにもかかわらず「一人も戮《ころ》さず」であったことを特記する。当時一般の官吏の驚愕すべきことであった。

また、国子監司業▲であった陽城《ようじょう》は正義感の強い行動派の官人であった。かつ

▼六察法　監察御史が全国の州県を巡察するさい、官民を取り締まる六つの要点。ほかの五つは、第一は「官人の善悪」、第二は「戸口の流散、籍帳の隠没、賦役の不均」、第三は「農桑の不勤、倉庫の減耗」、第四は「妖猾・盗賊」等、第五「徳行孝悌、茂才異等」等を監察・調査すること。

▼国子監司業　国子監は国子学(三品以上の子孫が入学)・太学(五品以上の子孫)・四門学(七品以上の子)・律学(八品以下の子)・書学・算学(以上を六学という)等の学校を管轄する教育行政の最高機関。首都の長安に置かれた。長官は祭酒(従三品、一名)、司業(従四品下、二名)は次官。のちに袁州から召還された韓愈は祭酒を拝している。

▼道州　今の湖南省の最南部、永州の南に位置する道県。五嶺の山間にあり、『史記』などによれば、かつて舜の異母兄弟である象が封じられた鼻国の地。柳に「道州毀鼻亭神記」あり、陽明学の祖、明・王守仁

て太学生に孝養を説き、年に一度は帰省すべきことを勧めたことが朋党を煽動したとみなされて僻遠の地、道州▲の刺史に左遷された。着任した陽城は庶民の現状を目のあたりにし、州長官の任にありながら貧困の州民をかばって朝廷に抵抗した。当時、産物の少ない道州では「矮奴《あいど》▲」と呼ばれた背の低い人たちを歳貢するのが慣例となっていた。家族の生別離の悲劇を知るや、非人道的な貢賦に対し、『大唐六典』▲を持ち出して「土貢」の定義を説き、わが州には矮民はいるが矮奴はいないと上奏して拒否した。さらに徴税に対しても上司たる観察使の通達を拒否し続け、朝命に逆らったことで州民ではなく、長官である自らに懲罰を科し、自ら勤務評定を「下下」として提出した。官職罷免にあたる最下位のものである。その後、監察官が派遣されるが、これに対してはなんと事前に州の獄に州長官が自らはいり、自らを罰することで抗議の意を示した。のちに王党政権は陽城の召還を急いだが、すでに鬼籍の人となっていた。七〇歳。同じく物故していた宰相陸贄《りくし》▲とともに追贈した。

かつて韓愈は「諫臣論」を書いて、諫言大夫陽城を職務怠慢と非難したが、のちに陽城は、徳宗が陸贄を追放した裴延齢《はいえんれい》を宰相とすることに抗議した。そ

(一四七二～一五二九)の「象祠記」は『続文章規範』や『古文観止』などにもおさめられて有名である。

▼矮奴　六一八(武徳元)年「詔」で「侏儒、短節」の貢献は停断されている。五七頁参照。

▼『大唐六典』　玄宗の勅による、李林甫らの撰注、三〇巻。七三八(開元二十六)年に完成。『周礼』の六官の制(後述)に倣い、官ごとに沿革、関連する律令格式・勅などの諸規定を分類し編集した行政法典。唐代の土貢については「戸部郎中員外郎」の条に「任土所出而為貢賦之差」、「少府監中尚署」の条に「任所出州土」、その土地の産物にまかせて貢物とすると規定されている。早くは『書経』「禹貢序」に「任土作貢」とあるのによる。

▼陸贄(七五四～八〇五)　字は敬輿、諡《おくりな》は宣。進士科出身の名宰相。『陸宣公奏議』は日本でも復刻されて愛読された。徳宗の即位した七八

のとき、処罰されるところを救ったのが皇太子李誦《りしょう》、のちの順宗《じゅんそう》である。道州左遷の朝命がくだされたとき、何蕃《かばん》ら二七〇人もの太学生が闕下《けっか》(皇帝のいる宮城の大門の下)で哀願直訴すること数日。学生のストライキである。七九八(貞元十四)年、仕官したばかりの柳二六歳は「太学諸生に与えて闕に詣《いた》りて陽城司業を留むるを喜ぶ書」を公にして同情の意を示し、「国子司業陽城遺愛碣」を撰した。のちに元稹は「陽城駅」詩八〇〇字を、白居易も「和『陽城駅』」・「道州民」詩を、杜牧も「商山富水駅」詩を詠んで陽城をたたえた。

また、道州に左遷された呂温は、山賊に殺害された農民二人を「使君(刺史)は受命して汝に牧(地方長官)たるも、庇護する能わず」、守ってやれなかったことを州長官として赴任した自分の責任であるとする。州長官が下民のために葬儀を開いて討伐を報告し、「祭文」を送っている。「後の貪虐放肆して生人を以て戯れと為す者、独り心に愧《は》じざらんや」と庁舎の壁に書き記して後任の官箴《かんしん》とし、離任のさいには「明朝別れし後、他に嘱《いいつ》くること無し、是れ蒲鞭《ほべん》▲と雖も(民には)也《ま》た施す莫かれ」と遺言した。

道州から衡州に配属されては両税法税制の改革を敢行するが、「祭柘里渡溺

〇(建中元)年に召されて翰林学士となり、七九二(貞元八)年に竇参《とうさん》にかわって宰相となり藩鎮の討伐など難局にあたる。財政においては両税法に反対の立場をとったが、七九五年に徳宗と戸部侍郎裴延齢にうとまれて忠州(今の四川省忠県)別駕に左遷され、その一〇年後、順宗が即位するにいたって王党によって召還されたが、配所で病死した。竇参は宗元の父柳鎮を流罪した人物である。

▼**蒲鞭**　蒲《がま》の穂でつくった鞭《むち》。漢の劉寛が処刑するのに用い、罪を知らしめて苦痛を与えなかったところから、仁愛で寛大な政治をいう。范曄『後漢書』巻二五「劉寛伝」、『東観漢記』巻一三「劉寛伝」。それさえも施すな、というところが新しい。

豚酒蔬果を供えた祭祀（永州柳子廟）

死百姓文」も涙なしでは読めない。柘里の農民五人が自分を信じて納期に遅れまいと道を急ぎ、渡し場で洪水に遭って水死した。予測不能の天災であり、呂温にまったく責めはない。しかし「津渡は謹まず、咎《とが》は使君に由る」、渡し場の整備をおろそかにしていたのは長官たる自分の責任であるとして、自ら俸禄を出して家族を慰問し、租税を代納し、農民のために豚酒を供える最大級の葬儀を開き、「祭文」まで書いてやった。当然、呂温も洪水旱魃《かんばつ》にかぎらず、天意に帰する思想を徹底して批判する。柳宗元の『非国語』の執筆は呂温に啓発されたものであった。葬儀の一年後、呂温は配所で卒す。享年四〇歳。柳は「祭文」で呂温を「君子」と呼び、天を激しく呪詛する。読者は無神論の矛盾・不徹底などと云々してはならない。人の怨天は、ただ怨みを発散するための表現であり、死者に対する礼であるとは「天論」返書中の言である。

今日の公務員《パブリックサーバント》の意識と比べてどうか。彼らの行動は兆民や田中正造（一八四一〜一九一三）を彷彿とさせる。「則ち誅す」はおろか、「独り其（自分）の身を善くす」るがごとき吏隠は不作為の責めを負うべきである。彼らが今日ほとんど知られていないのは文学ではなく、実践を旨《むね》としたからである。「粒粒辛《りゅうりゅうしん》

▼**李紳**（七七二〜八四六）　字は公垂。白居易・元稹と交遊し、科挙受験以前の新楽府「憫農」詩の「誰か知らん盤中の餐、粒粒皆な辛苦」は有名。のちに門閥派李徳裕党の重要人物として牛僧儒党と対立し、節度使・宰相ら高官を歴任するが、権勢をふるい、また怪異迷信を宣揚するところがあった。徳裕の父李吉甫は柳宗元の救済に奔走した呉武陵を流《る》謫《たく》し、李紳は武凌の兄の子・呉湘を死刑に処したが、のちに冤罪と判明し、李紳は官位を削られ子孫の仕官を許さない処分がくだされた。

苦《く》」の名句を生んだ李紳《りしん》▲は呂温がその新楽府をたたえ、将来の宰相と期待した人物であったが、官界にはいってはそれを実行することはなかった。

科挙試と官吏の養成

中国には、天帝の監視という災異思想や『実録』『正史』など史書記載による歴史の法廷など、為政者を抑制する間接的なシステムはあっても、民意を反映させる選挙や代議制のようなシステムはなく、そもそも自由・平等・民権の概念などは育っていなかった。そこで始めたのが為政者側の意識改革なのであったが、官吏養成の科挙制度にも期待するところがあった。

韓愈の詩「符読書城南」は、長子韓昶《かんちょう》（七九九〜八五五、幼名は「符」）に与えた五四句の長編詩であり、「灯火親しむ可し」・「馬牛襟裾《きんきょ》」の成語で知られるが、「人は古今に通ぜずんば、馬牛にして襟裾す」、パンツをはいた猿ならぬ、服を着た役用動物だというのは、野蛮と文明を峻別する儒家の発言であるとしても、勉学の有無によって人には「龍」と「猪《ぶた》」ほどの開きができ、「一は馬前の卒〔足軽〕と為り、背に鞭されて虫蛆《うじむし》を生ず。一は公と相〔公卿や大臣〕

唐代の矮奴

と為り、潭潭《ふかぶか》として府〔官署〕中に居る」というのは脅迫観念さえ与えよう。有名な「師説」や「進学解」の作は儒師を自任し、国子博士〔大学教授〕や祭酒〔総長〕であった韓愈の営業看板であり、「符読書城南」にこそ本音がうかがえる。

君子と小人とは、父母に系《かか》らず。見ずや公と相と、身を起こすは犁鉏《すきかま》自《よ》りす。見ずや三公の後《こまご》さえも、寒飢して出づるに驢も無し。

君子か小人かはもはや両親の門地・血統によるのではない。ファーマーの子でもプレジデントになれ、公卿の御曹司でも自転車さえない素寒貧《すかんぴん》になるのが現実ではないか。「君子小人」は人の資質に求めたのが儒家の教育論であったが、ここでは立身出世による貧富の差という、極めて経済的な現実問題におきかわる。公卿・宰相となることは読書しだいであり、それには科挙、進士合格が捷径である。韓昶は、八二七(大和元)年進士及第、二九歳。

この一首は当時の士大夫の胸中をよく伝えていると同時に、旧来の門閥貴族から進士出身者中心の社会へ展開したことをよく示している。科挙の合否は受験者個人の将来と貧富を決定するだけでなく、一家一族の栄達に関わる重大事となった。なかでももっとも難関であった登龍門は進士科であったが、その必要性と試験内容をめぐっては早くから議論があった。

それについて柳宗元の答えは特殊であった。しかしそれは宋代を先取りしたものといえる。唐代科挙の六科目は王安石の改革によって進士一科となった。「世に進士科を病《や》む者有り、易《か》うるに孝悌・経術・兵・農を以てせんことを思う」(「送崔子符罷挙詩序」)、その理由は「俗に厚く、而して国は以て理(治)を為すを得」るからである。明経・明法・明算・明書に加えてテクノクラートの必要性を説くのは、進士試のみが詩《し》・賦《ふ》の創作を課す特殊な、つまり厚俗・治国の大義に照らして無用の試験であるとの理解による。これを廃止して実学を課すべきとの議論は早くから繰り返されてきた。

高宗朝の末から進士科の「時務策」が旧策を暗記するのに陥っているとして、「雑文」と称する詩・賦が出題されるようになる。出題の詩は多くが排律、賦も律賦、ともに文学の、しかも形式美を追求する試験であり、およそ厚俗・治国とは関係がなく、御世を慶賀し、太平を謳歌する方向に流れる。進士試は現実の政治実態から隔離された王朝貴族的趣味、文学サロン的な教養の修練に陥

▼**礼部試六科目**　隋代の科挙制度を継承して任官資格試験である礼部試では秀才・進士・明経・明法・明算・明書がおかれていたが、秀才科はもっとも困難で、貞観の間に不合格の場合、その推挙が処罰されるようになって六五一(永徽二)年に廃止。明経以下はいわば分業形態をとったテクノクラート、プロフェッショナルを養成するものであった。

▼**時務策**　単に「策」ともいう。行政上の具体的な疑問「策問」を提示し、その方策・意見「対策」を答えさせる小論文形式の試験。そのような性格上、別集にはほとんどおさめられることがないが、韓愈が「進士策問十三首」を、白居易の『白氏文集』も進士科・制挙の策問と対策とを残している。

▼**雑文**　科挙での「雑文」には賦・詩・銘・箴・頌(以上は用韻)・表(無韻)がある。六八一(永隆二)年詔勅に「進士試雑文両首、識文律者、然後并令試策」、のちに「雑文」は

っていった。しかし安・史の乱という国家転覆の危機体験は国家経営全体について反省を迫った。焦点は臣下たる官吏の資質の問題に向かい、それは直接に科挙に関わった。いかなる人材を求めるがゆえにいかなる試験をするのか。古今東西変わらない。なかでも粛宗・代宗・徳宗朝の間で異口同音に唱えられたのが進士科の廃止である。徳宗朝の初に趙賛▲は「箴・論・表・賛を以て詩・賦に代う」、より実用的な文にかえることを上奏し、これ以後、詩・賦試は停止・代替・再開を繰り返す。

このような一〇〇年の懸案に対する柳宗元の回答は明快である。「文学を尚ぶ」試験にかえて孝悌・経術・兵・農を課すとしても結局は「是れ人なり」、要は

　其の辞に即き、其の行いを観、其の智を考え、以て「人を化し物に及ぼす」可きと為す者、之を隆《たか》くす。文《あや》は質に勝ち、行いは観る無く、智は考うる無き者、之を下《ひく》くす。俗は其れ以て厚く、国は其れ以て理《おさ》〔治〕まらん。科は易うるを俟《ま》たず。

いわば実学よりも文学創作によって質・行・智の総合的評価が可能であり、

文律用韻、つまり詩・賦に固定していく。ただし中唐での一般の用法は「雑」さまざまな「文」に変わり、用韻つまり詩・賦の類と区別される。

▼排律　対句を排した律詩の一種で、多くは五言六韻一二句からなる。安史の乱後、徳宗朝から固定化する。用韻が指示されないかぎり、詩題の韻を用いる。

▼律賦　詩と文との性格をもつ賦（ながうた）の一形式であるが、律詩のように対句・音律・押韻など厳格な規定があり、多くは四言二句八字が韻として提示され、つまり八韻で構成する。

▼趙賛　新春秋学派の趙匡の弟。徳宗朝初期の財政家、戸部侍郎・判度支を歴任。両税法後に軍事費逼迫の対策として茶竹木税や間架税・除算陌銭などの雑税を課す新税法を提案する。七八三（建中四）年末、播州司馬に流謫。七八一年には権知礼部貢挙として科挙改革にもあたった。

▼**文と質**　文質二元論も千古の懸案であって、『左伝』「襄公二十年」に孔子の言葉として「之を言うも文(文彩)無ければ、行きて遠からず」とあり、また『論語』には「辞は達するのみ」(衛霊公)といい、さらに「文質彬彬」(雍也)ともいう。理念的には形式美と表現内容のバランスを求めることで決着してはいるが、はたして歴史的には文がまさる方向に流れた。

必要である。進士たるエリートはスペシャリストやテクノクラートではなく、優れてジェネラリストでなければならない。なるほど詩・賦の創作とならば、ただ経伝の丸暗記や算・書の技能ではなく、経はもとより史・子・集への精通による広い教養、さらにそのうえで自己の見解とその表現が求められる。進士科が難関であった一因はここにあった。

柳の進士試擁護論は、(1)言辞は文《あや》よりも質にある。▲これは柳文学の基本姿勢であった。(2)柳文学の目的も正に「人を化し物に及ぼす」にあり、これが「智」、さきの「賢」「聖賢」の内包である。これらの総合的チェックの機能を進士科に求める。(3)本来は、中国伝統的思想・文化・価値観を共有し、その忠実な継承者であるか否かを検閲する機能を担っていたが、王朝や皇帝への忠誠心などではなく、ましてや文才などではなく、「化人及物」の大原則一点におく。これはさきの王党・陸門にもみられ、柳自身も再三再四訴えてきた。(4)科挙の受験者は旧来の門閥貴族ではなく、士・農の出身であり、王党や陸門がそうであったように、より「生人の意」の反映が可能である。すでに進士科が「化人及物」を基準とすれば、そのような官僚体制は、現実には分離している官戸＝治者と農＝被治者に自同性の確保も期待できる。柳が呂温の弟である呂讓に説いたように、民情を知り民意を代表する者として、代議制の擬制的な機能も、また法の執行者たる官僚が弁護士的な機能もはたしうる。さきにみた范伝真・陽城・呂温らはまさにそのような人たちであった。しかしガラスの天井も登ってしまえば下をみなくなり、自己・一族だけの利益しか考えなくなる。そこで「化人及物」「生人の意」の原則を、現役の官吏と将来の官吏に向かって繰り返し訴える必要があったのである。

④—人民と国家と君主の関係

陸門の政治スローガン

「此(民権、自由平等)の理や漢土に在りても孟軻《もうか》(孟子)、柳宗元はやく之を覰《しょ》破《は》(看破)せり、欧米の専有に非ざるなり」(『一年有半』)。中江兆民が孟・柳を併記するのは、両者に共通の思想をみたからであり、ルソーの著書やジェファーソンらの「アメリカ独立宣言」に通底するものを感じたからであろう。

周知のように孟子は「民を貴しと為し、社稷《しゃしょく》は之に次ぎ、君を軽しと為す」といい、また「一夫紂」▲の革命思想があった。柳らにもこれに近い思想がある。まず、王党のブレーンでもあった陸淳(のちに質に改名)のために柳が書いた「陸質墓表」で柳が理解するその学術の根本を示していう。

大中を明発し、公器を発露し、其の道は「生人を以て主と為し」、堯舜《ぎょうしゅん》を以て的と為す。

これは陸学の政治理念であり、王党の永貞革新で実践されるはずのものであった。「大中」君権の中正、「公器」公共機関性、「生人」政治の主体、「堯・

▼一夫紂　紂は夏王朝の最後の帝王。儒教では暴虐な君主と考えられた。「酒池肉林」で知られる。孟子は、もはや君主の資格のない一夫にすぎないとして殷の湯王による易姓革命を認め、弑逆・放伐による討伐を正当化した。

舜」君主のモデル、すべて柳の思想のなかに取りこまれている。また、陸質の愛弟子であり柳の兄弟子であった呂温《りょおん》も「祭文」で師の遺言を記していう。

> 其の能く「生人を重しと為し、社稷は之に次ぐ」の義を以て、吾が君の聡明を発《ひら》き、盛唐を雍熙〔平和安寧〕に躋《のぼ》す者、子《し》〔呂温〕若《も》し死せずんば吾れ望み有らん。

さらに、最近出土した呂温の弟呂讓《りょじょう》▲の「墓誌」でも同文が繰り返されており、陸門の政治スローガンであったことがわかる。

> 談論に資しては未だ嘗て「生人を先と為し、社稷は之に次ぐ」の義を以て応対せずんばあらず。……故柳州刺史柳公宗元は序を為《つく》りて餞別し、具さに然る所以の者を道《う》う。

柳が餞別した序とは「送表弟呂讓将仕進序」を指す。呂讓の仕官にあたって柳は民間の実情を説き聞かせるが、「送薛存義序」と同様、世の官吏への発信でもある。汝《なんじ》は幼きより肉を喰《く》らい、米を食《は》み、絹を着て、「小民・農夫の耕築の倦苦を目《み》ず、呼怨を耳《き》かず」に育ったが、古《いにしえ》より「生人は艱《くる》しみ飢え羸《つか》れ寒《こご》え、難を蒙り暴に抵《あた》り、捽《つか》まえられ抑《おさ》えらるるも告ぐること無し」と述べる。

▼呂讓（七九三〜八五五）　呂渭（七三五〜八〇〇）の子。母は柳識の女《むすめ》。柳宗元は「表弟」と呼ぶ。柳識は徳宗朝の宰相柳渾（七一六〜七八九）の兄。宗元に「柳常侍（渾）行状」がある。六五頁参照。

このような下民窮状の発言は、詩歌を含めて当時めずらしくないが、「生人」といい、それと「社稷」とに優劣をつけたところに卓越した思想がある。

陸学の政治思想が近代デモクラシーの自由・民権を唱えた民主主義と同質であることはありえないが、孟子思想と違い、よりそれに近い。まず孟子が基本に人格神たる天帝の監視を想定している点と根本的に異なる。また、「生人」は「小民・農夫」を指す点では孟子のいう「民」にかさなるが、それと異なる、新しい概念である。

柳宗元思想のキーワードは「聖人」と「生人」である。「聖人」の標榜はなんら特殊ではないが、計三〇巻の『文集』中で一三〇回におよぶのは異例であり、「生人」三〇回近くにいたっては、韓愈の『文集』四〇巻が二回(一回は「生民」)であるのと比してさらに異常である。「聖人」自体も託すところが問題であり、柳の特徴は「生人」と対にして使うところに妙がある。「聖人立極之本……生人之意」「聖人至道之本……生人之道」「聖人出于天下、不夏・商其心、心乎生人而已」「聖人之急生人」「聖人之道及乎生人」「入聖人之道……其道以生人為主」「生人之性得以安、聖人之道得以光」「無忘生人之患、則聖人之道幸

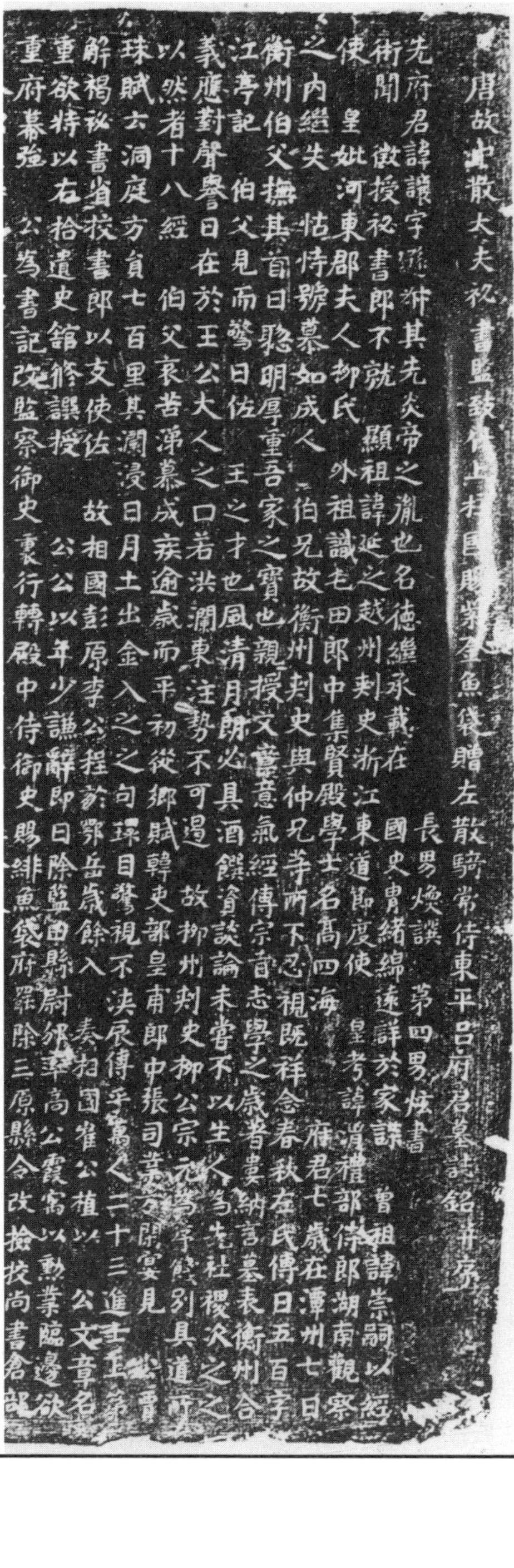

●—呂讓の墓誌(部分)　八行目に「未嘗不以『生人為先、社稷次之』之義應對」、九行目に「故柳州刺史柳公宗元為序餞別」がみえる。

甚」「生人之性……聖人之道」「生人之理乱……聖人之制」「吾生人、堯舜人」「彼孔子者、覆生人之器者也」「伊尹以生人為己任」「立王功、活生人」「天子以生人付公理」「皇帝曰：予欲俾慈仁怡愉洽於生人、惟浮圖道允迪」など、堯・舜・孔子にかぎらず仏教を含む「聖人」の道は「生人」救済の急務にあるとする。メシアのごとき存在である。

「生人」は多義語で、(1)「人を生ず」人間の誕生、原始・太古の社会、(2)「人を生かす」養う、(3)「生ける人」人類・人間などの意味で使われる。韓は(1)で、柳は多く(3)で使う。儒典『詩経』に「生民」▲があり、一般に「生民」が用いられるが、「民」は唐の太宗李世民の諱《いみな》を避けて缺筆あるいは「人」が代用された。柳・呂らは必ず「生人」を使う。官吏と対置しては「民」を用いるが、「生……」と熟しては必ず「人」である。明らかに孟子の名言を踏まえながら、「民」を「生人」にかえており、古い革袋であるが酒は新しい。さらに「聖人」と掛詞のような関係にもなっている。「生」は平声、「聖」には平去二声があり、『広韻』▲「去声・勁」に「聖：生なり」。

柳は、植物が人の手を加えずとも自由に繁茂することに官吏の民に対する政

▼**「生民」**　『詩経』「大雅」中の篇名。「民を生む」の用法。内容は周の始祖である后稷や周朝の建国を詠う叙事詩、周民族の誕生神話。天帝との霊的な交感による懐妊譚などは柳の批判するところである。

▼**『広韻』**　北宋・大中祥符元（一〇〇八）年、陳彭年《ちんほうねん》らに隋の『切韻』や唐の『唐韻』を修訂してつくらせた、韻によって配列した、勅撰の字書。南宋本が現存する。「聖」の字義については、最古の部首引き字書である後漢の許慎『説文解字』には「聖：通也」とあるが、『広韻』は「聖：生也、通也、聲也」とする。

治の理想をみて「官戒」とした。「凡そ植木の性は、其の本は舒《の》びんと欲し、……其の天なる者を全くして其の性を得るなり。……小人(民)……吾が生を蓄《しげ》くして吾が性を安んず」、正に聖人順宗《じゅんそう》の「冊立《さくりつ》大赦」の大綱「懐生の類(人民)をして各おの其の性を遂げ俾《し》む」に符合する。「貞符」にも「仁は膚を函《ふく》み、刃は屠を尽すこと莫く。……刑は軽く以て清し、我が肌は傷《やぶ》らるる靡《な》し」、同様に「平淮夷雅」「武岡銘」「段太尉逸事状」等々、討伐平定に関する作中では生人に殺戮・肉刑を加えない仁政が顕彰される。

「民」を「生人」というのは仏教の「衆生」というとらえ方に近く、聖人たる皇帝粛宗の言を引いて「慈仁怡愉をして生人に洽《あまね》くせ俾《し》めんと欲するに、惟だ浮図《ふと》▲の道のみ允迪《いんてき》(実践)す」という。儒・仏を問わず、「生人」を救済するのが「聖人」であり、この意味で「生人」は彼らの新しい思想を込めた新語である。他に、「蒼生」「生霊」「群生」「衆生」「含生」「生物」も使う。ちなみに韓愈の語彙には「聖人」はあっても、この意の「生人」はない。ないということは、民を「生ける」存在、同じ人間ととらえる尊厳の観念がないのであり、だから「則ち誅す」などといいはなてる。しかも墨家らのいう非攻・兼愛のよ

▼浮図　ブッダ＝Buddhaの音写語の一つ。柳は当時一般的であった「浮図」(五一回)を、韓愈はつねに「浮屠」(二五回)を用いる。「屠」(ほふる)は貶字。この用語は唐人の仏教に対する好悪を判断する指標となる。

うな単なる博愛や人命の尊重ではなく、人間は植物が天賦として生命を有して自由に繁茂するのと同じく、社会の合意形成以前の原初から本来平等に有しているという認識に立つものであり、その点から社会・君権の形成を説いている。

生存と君権

「柳宗元の封建を論ずる、ルーソーの宗教を論ずる、遽《にわか》にこれを覧る時は、心を動かし気を奮うに足る者あり」(「再論言論自由」)。これも兆民の言である。『礼記』は孔子の言として、二つの理想的な国家モデルを提示した。一つは堯・舜の「天下為公」「大同」の福利国家、もう一つはその後、禹《う》・湯・周文武をへて礼義制度創設によって秩序安定をえた「天下為家」「小康」、文治国家である。「貞符」では前者の、「封建論」では後者の問題を扱う。今、君権形成の過程部分のみについて「貞符」と「封建論」を相補させれば、厳密な概念批判の手続きはほかに譲り、大略は次のようである。

(1)「其の初め、万物と与《とも》に皆な生き」ていた。(2)草木が蔓延し、禽獣が群棲し、風雪・寒暖などの自然と野生の猛威と闘う。(3)食欲・性欲に駆られ、衣食住をえ、牝牡《ひんぼ》配偶する。⑷生存のため、また攻防のために「物を仮《か》(借)りて以て用と為す」、道具を使用する。⑸人間間で体力と道具＝武器による弱肉強食の闘争が始まる。⑹闘争してやまないために、善悪を決めて治める者が出現する。⑺衆人は「智にして明なる者」「兵(武器)有り徳(人徳)有る」者に従い、首長と刑・令が生まれる。⑻首長を有する共同体の間で闘争と併呑が繰り返され、「徳」のより大なる者に付き従う。⑼有徳者は「其の人(民)を安んじ」「徳の紹《つ》ぐ者は嗣ぎ、道の怠る者は奪われ」るを繰り返して統一国家が誕生する。

この過程では、民衆はつねに一人の優れた有徳者のもとに鳩合《きゅうごう》し、推戴したこと、その徳が初期から人々の生命・生活を保護し維持するものであったととらえる点に特長がある。ここには個人の私利私欲にもとづく動機による虐殺・侵略などの征服のイメージはない。トマス・ホッブズ▲を待たなくても、紀元前の荀子▲にしてそうであったように、太古の状態に思惟を重ねていけば、おのずと人類の自然との闘争、人間間の闘争にたどりつくものであるが、柳は人間の根本的な欲望が自己の生存であり、国家はそのような民の意を受けて成立したものであることを説くために、太古の野生状態における闘争から始めた。経伝

▼**トマス・ホッブズ**(一五八八～一六七九)　イングランドの哲学者。「万民は万民に対して狼である」ことを説き、人間は自己保存を本能とし、自然状態を闘争としてとらえたうえで、衆人は互いの自然権の破壊を回避するために、一人に主権を委ねて契約する、と考えた。この王権神授説を否定する社会契約の考えはのちにロック(一六三二～一七〇四)やルソー(一七一二～一七七八)に影響を与え、さらに彼らをへて歴史はアメリカ独立宣言(一七七六年)やフランス革命(一七八九年)に向かう。

▼**荀子**(前三一三～前二三八)　荀況。戦国末期の素朴唯物論的思想家。『荀子』「富国篇」にみえる人の本性と闘争と礼の関係を一種の社会契約説と考える説もある。韓愈は儒家の異端として排斥するが、柳宗元のみならず、劉禹錫にも「天論」「呂温集紀」などに、影響がみられる。

▼六典　治典・教典・礼典・政典・刑典・事典の六つの法典をさす。唐代開元年間の『大唐六典』もこれにもとづき、尚書省に六部が設置される。周「六典」は各典が邦国(諸侯)・官・民の三段階からなる。

『周礼』六典とその職掌

『周礼』六典				六卿	六官	唐六部
治典	経　邦国	治　官府	紀　万民	冢宰	天官	吏部
教典	安　邦国	教　官府	擾(馴)万民	司徒	地官	戸部
礼典	和　邦国	統　百官	諧　万民	宗伯	春官	礼部
政典	平　邦国	正　百官	均　万民	司馬	夏官	兵部
刑典	詰(禁)邦国	刑　百官	糾　万民	司寇	秋官	刑部
事典	富　邦国	任(仕)百官	生　万民	司空	冬官	工部

にも『周礼』の大宰「六典」の第六「事典」に「万民を生《やしな》う」とあり、また『易』に「天地の大徳を生と曰う」、『書』に「政は民を養うに在り」、『孟子』に「生を養い死を喪して憾み無きは王道の始めなり」等々、生命への視点が断片的にうかがえるが、柳はそれを政治の根本として歴史過程に推理を重ねて証明した。あるいは「六典」以来、六官三階一八条に分化した制度のなかでは、〈君→邦国〉と〈君→官〉の過程を〈君・官→民〉の二階層の関係に統一し、さらに「生万民」一条に集約させたということもできる。「生人」の語を用い、「社稷」「君」に優先させたのはそのためである。

ただし陸門のスローガン中には「君為軽」の句がない。「生人為重、社稷次之」と続けばいわずもがなであるが、当時、「社稷」は国家だけでなく、国君の同義語でもあった。唐律にいう「十悪」の筆頭は「謀反」、それは「謀危社稷」であるが、この「社稷」は建築物でも、国家という抽象的な概念などでもなく、皇帝を直接指すのを忌避した表現である。

このような生人優先主義は、君権の絶対性を否定することになる。周の成王が幼い弟に戯れでいった言葉を、摂政の周公旦が「天子は戯る可からず」(「桐葉封弟辯」）と、王言の不撤回を説いて実行させた。周公の帝王学は『礼記』の「王言は綸《いと》の如し」に示され、また「綸言《りんげん》汗の如し」（『漢書』）とも換言されて、君言の無謬性と君権の絶対性を説くものとなる。日本古代天皇の「綸旨《りんじ》」はこれに倣った。これに対して「設《も》し未だ其の当を得ずんば、十たび之を易うと雖も病《とが》（欠点）と為さず」と、王（天子）の絶対的権威さえ失墜させるのは「地を以て人を以て小弱者（幼い弟）に与えて之が主（領主）と為す」のが不当であるためであり、やはり「生人為重」の裏には「君為軽」がある。周公旦は制度礼楽の制定者として孔子が慕う聖人であり、柳は例によって史載の誤りとする。

しかし、君主は必ずしも賢明であるとはかぎらない。「上なる者は果たして賢なる乎」とは、封建制度下の世襲制否定の理由である。したがって周公のごとき輔弼《ほひつ》（天子の輔佐）が必要となる。伊尹《いいん》もそのような輔弼であったが、柳の見解「伊尹五就桀賛」は特殊である。歴代の暴君として名を馳せたのは、桀《けつ》・紂《ちゅう》▲であるが、湯王《とうおう》はかの酒池肉林で知られる桀を放伐して殷を建て、儒家は聖人とするが、五度も湯王のもとを去って桀王に奔った伊尹こそ聖人であると称賛する。伊尹は「其の心を夏・商にせず、生人に心あるのみ」であり、問題は

▼十悪　謀反《むへん》・謀大逆・謀叛《むほん》・悪逆・不道・大不敬・不孝・不義（以上は養老律の「八虐」）・不睦・内乱の十条が「律」（刑法）に定められ、社会秩序を乱す重罪とみなされ厳しく罰せられた。謀反は皇帝を危うくすること、謀叛は敵国との内通、亡命。

▼社稷　土地神を祀る祭壇「社」と五穀の神を祀る祭壇「稷」から転じて国家のような意味で使われるが、『唐律疏義』に「敢えて尊号（国君）を指斥せず、故に托して社稷と云う」とある。『唐律疏義』は六五二（高宗永徽三）年に長孫無忌らによって編纂された、唐朝の「律」刑法の「疏義」注釈書。

▼周公旦　周の文王の四男、名は旦。次兄の武王を助けて殷の暴君紂を討伐し、易姓革命をはたした。幼い成王をよく補佐し、『周礼』『儀礼』を著して周王朝の基礎を築いた聖人として孔子から敬慕された。柳も聖人の一人とする。「桐葉封弟」の逸話は『史記』『説苑』などに、王言如綸の思想は『礼記』にみえる。

夏か殷かではなく、いずれが生人急務の政治をする可能性が高いかを考えてとった行動であったと、柳はみたからである。ここにも「生人為重」にかくれている「君軽」がある。北宋から韓・柳の古文が読まれるようになると同時にさまざまな論題を提供することになる。これもその一つであり、蘇軾は事実ではないとするが、いずれにしても推測の域をでず、柳にとっては史実の真偽よりも官吏に向けて立言することのほうが必要であった。

家産国家の否定と公器

李唐はどうか。初代皇帝高祖の「禅位皇太子（太宗）詔」に「三代（夏・殷・周）以降、天下を家と為す。体を継ぎ基を承け（国家を継承し）、裔嗣は相い襲う（子孫は世襲する）」とある。禅位の根拠は孔子の理想とする「大同」につぐ「小康」である「今、大道は既に隠れ、天下を家と為す」にある。柳は「唐歌」で李唐の建国を史実を取捨してたたえたが、それは自己の思想に合わせて世論を誘導するためであり、高祖の「詔」に代表される唐朝の「禅位」の原則を徹底して否定する。

▼**桀・紂**　夏王朝の最後の王であった桀と殷王朝の最後の王であった紂。『史記』や儒教の経伝に暴虐な悪政をおこなった王とされ、のちに暴君の代名詞として使われる。桀は殷の湯王に、紂は周の武王に放伐され、逆に湯王と武王は聖王と呼ばれた。

▼**胡適**（一八九一〜一九六二）　原名は嗣穈、のちに「適者生存」からとって適に改名。アメリカに留学して西洋の学術に学び、「文学改良芻議」（『新青年』一九一七年）を発表し、韓愈の文を批判して白話（口語）による創作を提唱、自ら実践した。その後、中国において新文学・白話文学の機運が高まる。北京大学学長、中華民国駐米大使、中央研究院院長などを歴任。著書は『中国哲学史大綱』『白話文学史』『四十自述』『校敦煌唐写本神会和尚遺集』など多数。

▼**higher criticism**　胡適『蔵暉室劄記』（一九三九年）は柳宗元を中国

その一つは「貞符」にいう、堯・舜の「禅譲」で確立した「大公」である。これは孔子の第一の理想の「大道の行わるるや、天下を公と為す」の「大同」社会の原理である。今日では大同のユートピア思想には老子・墨家の影響があるとされるが、そもそも孔門十哲七十子から孟子・荀子が生まれ、荀子から法家が生まれたように、まさに学問は同源にして「多岐亡羊」(楊朱の言)なのであり、また『荘子』『列子』にも孔子が登場するように、経伝にかぎらず古書は、時を異にして多くの人の手をへて成ったものであって、思想内容が雑駁なのは至極当然である。柳は意をもってそのなかから取捨し、「堯・舜の道」「大公」を「孔子の意」と称して純化させた。柳は経伝・史書中の記載をしばしば伝者の誤りとするが、柳は文献学者でもあった胡適《こせき》▲に「higher criticism▲」と称された近代的な文献考証学者▲でもあり、蘇軾は史実に反すると批判したが、すべて牽強付会であるとはいえないかもしれない。

もう一つは「封建論」にいう「其の制為る、公の大なる者なり。……天下を公とするの端は秦自《よ》り始まる」である。周の封建制を「其の土を私し、其の人《たみ》を子とす」、領土領民の私物化と断ずる。封建制を「聖人の意に非ず」とする

千古以来唯一と評し、「高等考拠家」の訳を加える。日本では高等批評と訳される。訛誤を校訂し、缺脱を補正するものを「textual criticism」(校勘家)というのに対して、さらに、文献の成立について批判的調査を加え、作者の姓名、著書の年月を考証し、その真偽や改竄を論証する高度な文献批判を指す。聖書研究から始まった、解釈の根拠や事実を確定する科学的な分析手法。

▼文献考証学　柳の「『論語』辯二篇」「辯『列子』」「辯『文子』」「辯『鬼谷子』」「辯『晏子春秋』」「辯『亢倉子』」「辯『鶡冠子』」などに発揮されており、その説は今日でも援用される。「馬融・鄭玄《じょうげん》なる者、二子は独り章句の師なるのみ。今の世、固より章句の師少なからず」(「答厳厚輿書」)といい、旧来の章句の学や注疏・訓詁の学から事実の確定を目的とする近代的な文献考証学につうじる読書法のなかにも柳の一面である近代合理主義的精神がうかがえる。

のは、本来これを「小康」として聖人孔子が容認したからであり、しかし柳はそれが「勢《なりゆき》」▲であったことを立証するために、太古の社会形成の過程を追った。

封建制か郡県制か、それはまさに一〇〇〇年後の日本の明治新政府が当初直面した大問題でもあったが、柳は郡県制下における「大同」を求める。秦の滅亡は制度ではなく、「其の情は私なり、其の一己の威を私す」と、やはり土地人民を家産とみなした皇帝一人の私利私欲による独裁政治にあり、「人《たみ》は下より恐れ」「並び起こる」人民の蜂起が始まった。つまり郡県官吏の反乱ではなく、人民のなかから生起した反乱が原因であったと分析する。いっぽう、周の滅亡は制度にあり、政治にはないとする。政治は「其の土を私」することによって「其の人《たみ》を子とす」ることが本来可能であるが、これには正負の二面性があり、一つは父母の子に対する恩愛、一つは私物化による酷使・虐待である。歴史は諸侯たちが私利私欲から覇権を争って大乱をまねいた結果、酷使はあっても仁政などできなかったことを証明している。郡県制は「朝に拝して道ならずんば夕に之を斥け」るもので、実績によって官吏の即時交替が可能であり、民生の被害を最小限にとどめることができる。ただし実際には皇帝は独裁し、

▼勢　柳宗元思想のキーワードの一つでもあるが、訳しにくい。「聖人の意に非ず」「已むを得ざる」もので、人の意思や行為によって形成・出現した結果ではないから、さまざまな外在的客観的な要因が作用してある方向をとらせる、ある状態に向かわせるということであろう。歴史的必然性などと訳されることもある。また、「勢不同而理同」ともいい、原理・本質と対置して、一時的にあらわれている情勢・現象のような意味合いでも使われる。このような存在論・生成論で二面的なとらえ方をする思考には仏教教理の影響があるかもしれない。柳の釈碑等では性事・空有・真仮などの表裏一体・不離不即の原理がしばしば説かれる。劉禹錫「天論」には「彼の勢の(が)物に附きて生ずるは、猶お影響のごときなり」といい、本体・存在物に付随して生起する影や響きのようなものの意として使う。

官吏は「其の心は、其の秩を遷さんことを思うのみ」、つまりサラリーや昇進しか考えていなかった。ならば郡県制をとりながら、封建制の政治が備えていた、子に接するがごとき仁政に転換することが肝要であるというわけである。ここから、さきの「生人の意に受命」「官は民の役」の思想が生まれる。ただし「封建論」での問題意識は、唐朝の郡県制度下において徳宗朝の懸案であった藩鎮割拠▲という現実にあった。

唐代律令制の根幹をなす土地・人民を管理する均田制が解体すると、それにもとづいて徴兵していた府兵制も解体し、兵士を募る募兵制に転換して辺境だけでなく内地にもおかれるようになった節度使には、王・皇帝を僭称し、統治権を世襲する者があらわれた。そこで「善く兵(藩鎮の兵権)を制し、謹んで守(官吏)を択ぶ」必要から、「賢者をして上に居り、不肖者をして下に居らしめ、而して後に以て理(治)安なる可し」とした。周朝がそうであったように、諸侯が統治権を世襲する封建制は私情による恣意的な人事であって、「理安」を保証しない。つまり国家公務員の「賢・不肖」による階層性とそれを基礎とした指揮命令系統の一本化という、生人第一主義から徹底したメリットクラシーの

▼藩鎮割拠　民政・財政・人事のみならず、軍事の権限を与えられた節度使を長官としておかれた北方辺境の数州を統括する軍管区は、安・史の乱後には内地にもおかれるようになったが、朝命に従わない反側者があらわれた。徴税を送納せず、後継者をめぐっては下剋上を繰り返し、あるいは統治権を子弟が世襲したり、また周辺の節度使と交戦したりして併呑・分裂していた。当時、もっとも深刻であったのが「平淮夷雅」にいう淮西であった。

構築を説くわけである。軍権を有した節度使は、宋にいたって廃止される。

しかしこのような「公」思想は柳の専有ではない。君主の世襲制の否定もすでに陸質にみられる。「躯《み》を捐《す》て以て位を守り、民を残《そこ》ない以て国を守るが若《ごと》きは、斯れ皆な「三代(夏殷周)以降、天下を家と為す」の意なり」(『春秋微旨』)、「秦・漢已後、天下を郡県にして天子の益ます尊きこと、三代に比せず」(『春秋辯疑』)と、繰り返し唱えられる。国家が皇帝の「家」ではなく、「公」なるものならば万民共有のものである。漢の大儒鄭玄《じょうげん》(一二七〜二〇〇)は「天下為公」▲に注して「公」を「共」と訓詁する。

国家が公共のものであれば、官吏も公共のものである。さきの「与韓愈論史官書」では、官にたえぬならば「一日にして引き去る可し」といいはなち、「奉養(給与)を食《くら》い、掌固(秘書助手)を役使し、紙筆を利として私書を為し(私的流用)、取りて以て子弟の費(養育費)に供すべけんや」と痛罵する。韓のみではない。官吏には行政資材の公私未分離の意識が蔓延していたのである。

柳「守道論」は官吏を公共機関と考える。『左伝』『孟子』にある孔子の言「道を守るは官を守るに如かず」、これも『貞観政要』▲などに引かれて金科玉条

▼**「天下為公」**　『礼記・礼運』に「大道の行なわるるや、天下を公と為し、賢を選び能に与し、信を講じ睦を修む。故に人は独り其の親を親とせず、独り其の子を子とせず、老は終る所有り、壮は用いる所有り、幼は長ずる所有り、矜寡孤独廃疾の者をして、皆な養う所有らしむ。男は分有り、女は帰有り。貨は其の地に棄てんことを悪《にく》むも、必ずしも己に蔵《かく》さず、力は其の身に出でざることを悪むも、必ずしも己の為にせず。是の故に謀《はかりごと》は閉ぢて興《おこ》らず、盗窃乱賊は作らず、故に外戸を閉ぢず。是を大同と謂う」。のちに三民主義を掲げた革命の父孫文(一八六六〜一九二五)が愛用した言葉として広く知られる。

▼**『貞観政要』**　史官呉競の撰。貞観の治と呼ばれ、唐朝を盤石なものにした太宗の言行録。「貞観」は太宗の年号。政治の要諦、君臣の範を示す書としてのちの唐代皇帝をはじめ、日本にも平安時代に伝わっており、周辺諸国に大きな影響を与えた。

となっていたが、聖人孔子の道を「生人の利安」と考える柳はそれに合わないとして伝者の誤りに帰す。やはり信念にもとづいた恣意的な操作である。曰く「官なる者は道の器なり、之を離るるは非なり」「官は道を行う所以なり」、つまり「官」は「道」を実行する専用の器、必要不可欠の道具であると主張する。次いで示される分析は極めてめずらしい。

（A）之が君臣、官府、衣裳、輿馬、章綬の数、会朝、表著（列位）、周旋、行列の等を立つ、是れ道の存する所なり。（B）則ち又た之が典命、書制、符璽、奏復の文、参伍（三卿・五大夫）、殷輔（上中下士・胥吏）、陪台（僕・奴）の役を示す、是れ道の由る所なり。（C）則ち又た之を勧むに爵禄、慶賞の美（褒美）を以てし、之を懲らしむるに黜遠、鞭扑、梏拲《てかせ》、斬殺の惨（刑罰）を以てす、是れ道の行わるる所なり。（D）故に天子自《よ》り庶民に至るまで、咸《み》な其の経分を守り、而して道に失する有る無き者《は》、和の至なり。

韓愈「原道」がいう君令が百官に上意下達され、民は上に奉仕する上下構造、あるいは『周礼』に始まり『大唐六典』に踏襲されている「百官分職」が、当時の官吏の描く全体像であったろう。つまり「君→臣（百官分職）→民」の縦の関係と三省六部による官職別の横の構造が基本イメージであり、柳の有名な古文作品「梓人伝」▲にも「徒隷、郷師(郷長)、里胥(里長)、下士、中士、上士、大夫、卿、公」というところであるが、これは(B)の「役」部分にすぎない。おそらくこのような分析をした者は他になかろう。

ここでは政治機構全体が即物的にとらえられており、大略は次のようである。

(A)「所存」　行政の機関・階級・組織系統の形式。
(B)「所由」　制定規則や権限などの根拠文書と階層的な役職。
(C)「所行」　褒賞刑罰など、行政の執行内容。

官僚制は、さまざまな用具・部品が規則に従って機能していく装置である。そのなかで「君・臣」は(A)に属し、「官府」(役所・機関)や、紫・緋・緑・青などの「衣裳」、四頭・二頭・一頭立ての「輿馬」などの「数《しな》」は後文の「等」等級に近い品階を指す。「君」もそのなかの一つであり、最高に位置するが、「官」と同じ、さらには衣裳・輿馬などと同じ品階・等級にして「器」にすぎないのであって、すでに血統として一個人に付着したカリスマ性によるものでも、一個人の私物でもない。陸学が「大中を明発し、公器を発露し」といった

▼「**梓人伝**」　実際に目撃した、椅子の足一つなおせない大工の棟梁の伝記。これに託して宰相の豊かな教養と広い視野に支えられた統率力を問う。「梓人」施工主を「宰相」に、「室」を「万国」「天下」にみたてたリーダー論であり、やはり主眼は「人を化し物に及ぼす」の一点におかれる。「主為室者」が自己の考えに固執し、棟梁に任せずに倒壊するのであれば、棟梁は「悠然として去る」、それを見捨ててよいとする。この「主として室を為る者」とは、建築主・施主であり、宰相との関係からいえば皇帝をさす。

武候祠（成都）　昭烈皇帝は劉備をさす。

武候祠内の諸葛孔明像

「公器」である。(D)各官が各機能を有する器官として各規則に従って遂行していく。この論にいたっては、個々の部品が全体として一つの機械のごとく作動する機関をイメージせざるをえない。

民意による推戴の原理

当時、そして今日でも、秦の始皇帝といえば暴君であり、諸葛孔明といえば忠臣であり、曹操といえば逆賊に決まっている。「封建論」が始皇帝の制度を評価したのは当時においても驚駭《きょうがい》であったが、呂温の「諸葛武侯廟記」はかの尽忠報国の英霊をも誹謗し、冒瀆する。

呂温によれば、王莽《おうもう》が符命を弄して前漢から皇位を簒奪した新朝が短命であったのは、民心がまだ漢の治政を慕っていたからであり、蜀漢・劉備が漢の再興をはたせなかったのは、すでに民心が漢から離れていたからであり、魏・曹氏が皇位に就けたのは、漢から離れていた民心を収攬《しゅうらん》したからだとする。原理は「夫れ民は帰する無ければ徳を以て帰す。撫《いつく》しめば則ち思い、虐ぐれば則ち忘る」であり、皇家や官僚にとっては命を賭す大事であっても文字どおり天と地とを隔てた民にとっては劉も曹もない。したがって諸葛亮は、「劉宗（劉家による漢王朝の再興）を私するに匪《あ》らず、唯だ元元《たみくさ》を活かさんのみ」で行動すべきであり、ただ臣下として劉家のために尽忠した私的な使用人にすぎず、結果として多くの部下や民とその生活が犠牲となった。唐でも理想的忠臣として廟祀されていた第一級の英霊を冒瀆する所以である。

柳も李唐の易姓革命について「隋の乱は既に極まり」「▲煬の渝《かわ》るや、徳は焉《ここ》に帰せん。氓《たみ》は畢《ことごと》く屠《ほふ》られ、綏《やす》らげん者は誰ぞ」という、煬帝の暴虐政治に抗して起こった反乱のなかで、唐・高祖は「生人の義主と為り、仁を以て武を興し」た。ともにいうところは、民心は「徳」に帰し、その徳とは「仁」である。易姓革命は民にとっては納税先が変わるだけであって、徴税されることに変わりはなく、民にとっては「仁」であれば誰だってよい。「徳に非ずんば樹《た》たず」「徳紹ぐ者は嗣ぎ、道怠れば奪う」とは、徳宗の「即位冊文」で付加された観点である。この原理は皇家内の伝位を否定するものではない。現行の唐朝にあっても、土地人民と社稷・皇位を自家の所有と考えれば隋末のように民心が離れていく。それを未然に防ぐべく、民心をとらえ、民がもっとも望む政治、

▼煬　隋朝の皇帝楊広、煬帝。呉音「ようだい」が通用している。「煬」は唐朝による諡《おくりな》で、貶字。豪奢な生活をおくり、民衆には苛酷で惨忍な政治をおこなった暴君として知られているが、文革期には秦の始皇帝、魏の曹操、唐の則天武后などの歴史人物とともに評価が逆転した。法家とみなされた柳宗元に対する見解に通じる所があるが、柳は現王朝である李唐を正当化するために煬帝を暴君とする。則天武后は柳の高祖（高伯祖柳奭《りゅうせき》）一族を迫害した張本人である。

「仁」政をおこなえ、というわけである。

「貞符」では「受命は其の人《たみ》に于《おい》てし、休符（貞符）は其の仁に于てす」が繰り返し説かれる。「仁」「徳」による政治といってしまえば簡単であるが、これも柳らの新しい政治原理であった。『易』に「聖人の大宝を位を曰う。何を以てか位を守る、仁と曰う」とあるが、続けて「何を以てか人を聚むる、財と曰う」と、人心の収攬は財力に転じ、また「先王の天下を治むる所以の者は有徳を貴び、貴きを貴び、老を貴び、長を敬び、幼を慈しむ」と分散し、『孟子』に「徳を以て仁を行なう者は王たり」「仁人は天下に敵無し」「三代（夏の禹、殷の湯、周の文・武）の天下を得るや仁を以てし、其（桀、紂、幽・厲）の天下を失うや不仁を以てす」とあるが、続けて「徳を以って人を服する者は中心（忠）悦びて誠に服す」に転じ、また「堯・舜の道は孝悌のみ」ともいう。

「貞符」中では「徳」が一五回、「仁」が一二回、前半の「徳」は後半では「仁」に敷衍《ふえん》される。通読して「聖人」「生人」とともに「仁」が耳に響く。「仁は人なり」（『中庸』）。「仁」と「人」は同音。これほどまでに強調される「仁」とは何か。やはり古い革袋であるが酒は新しい。

孔孟以来、忠誠孝悌仁義礼智信等々、多くの徳目が説かれ、前漢・武帝によって儒教が国の教学となって以後、とりわけ忠誠孝悌などは、「修身斉家治国平天下」の原理によって宗法制社会を維持するための装置となった。儒者韓愈は、この回復によって中央集権の強化をはかろうとした。本来、「勢《なりゆき》」によって家父長制をとった周王朝は、大宗たる周王とその兄弟子孫など血縁者を各地に分封した小宗たる諸侯との連合による世襲制家産国家であったが、時とともに各地の生産性が高まり富国強兵が進むと、諸侯間で摩擦が生じ、覇権を争うようになった。春秋戦国時代である。そこで、周初の宗法制社会の秩序を回復すべく、家父長制の秩序が子の親に仕える孝から忠を自家増殖した。『書』に云う「孝なるかな惟れ孝、兄弟に友に、有政に施す」と。是れ亦た政を為すなり」「臣は君に事うるに忠を以てす」(『論語』)である。呂温が、君・臣の紐帯でしかないとしてメスを入れたのはそのためである。いわんや「神をも感ぜしめ」「天をも動かす」「至誠」(『書』『中庸』『孟子』)など言語道断である。

当然、柳も徹底して忠誠を排斥する。さきに述べた「天爵論」のなかで孟子が「仁義忠信」を天賦を爵位とするのに対して人倫の要は「道徳忠信に在ら

▼**『管子』**　春秋時代、斉国の名宰相管仲の著書とされるが、戦国時代から漢代初期にかけて集成されたもの。『漢書』芸文志では道家に、『隋書』経籍志以降は法家に分類する。法家的色彩は強いが、儒・道・兵・農等々、諸子の学説を取り入れた総集的な性質を有する。柳は「少しく理道を知る」と評価し、「答元（洪）饒州論政理書」にもその説を引く。

ず」と、忠を否定し、また「四維論」では、『管子』▲が「礼義廉恥」を四本の維《つな》とする説を批判して、「廉」「恥」は「義」の小節であり、「聖人の天下に立つ所以は、仁義と曰う（『論語』『孟子』）。仁は恩を主とし、義は断を主とす。恩は之を親にし、断は之を宜とす、而して理（治）道は畢《つく》せり」と、仁・義の必要を説く。ゆえに監察官であった叔父を「柔は仁を撫し、剛は義を断ず」、反乱軍を討伐した節度使厳礪《げんれい》を「仁厚を以て生人を蓄え、勇義を以て国難を平らぐ」とたたえる。いずれも「仁」を揚げ、「忠」を去る。

「忠」は孔孟の説く人間社会の倫理ではあるが、現実には君・臣の間で〈君→臣〉の恩愛として機能しており、政治原理を求める柳・呂らは、あくまでも官・民の関係としてとらえ、〈官→民〉に求める。これが「利安の道、人に施す」「物に施す」「生人に及ぼす」である。儒教で「天子は民の父母作《な》り」（『書経』）とはいっても「孝慈なれば則ち忠」（『論語』）、「親に事うるや孝、故に忠、君に移す可し」（『孝経』）なのであって、民から父母たる天子に向かう徳であって天子から民に向かうものではない。つまり従来の人倫概念は〈臣→君〉や〈民→官・臣・君〉という、下から上への秩序であって、官と民に二分する政治論に適応すべく、上から下へ向かう「幼を慈しむ」の方向を表現することが可能であったのはわずかに「仁」なのである。

本来、「孝悌は仁を為すの本」であったものから「仁」が親子兄弟の全方向に発展したがために、〈官→民〉の徳目としては「仁」の適用しかなかった。家産国家の原理にすぎない臣の「忠」を否定して君の「仁」を政治原理としたところに新しさがある。ただし、政治原理を忠誠で立てることに反対するのであって、忠誠を否定するものではない。「孔子の志」と「堯・舜の道」の直結は孔子の「仁」説と「生人の意」を直結させようとする政治思想であり、そのためにやかましく「仁」をいうのである。

またしても予見は的中した。黄巣《こうそう》の乱はまさに民心をえたものであった。黄巣軍が僖宗《きそう》の蒙塵した蜀を除くほぼ全土に拡大していったのは、大小の農民暴動を吸収したからであり、各地で民衆の不満が頂点に達していたから歓迎されたのである。ただし黄巣が皇帝を僭称して立てた大斉国は、農民の集団であって政治能力を欠き、また官吏の殺害と収奪を繰り返すばかりで、民心は離れていった。

かつて兆民は民権を二種類に分け、「恩賜的民権」と「恢復的民権」とした。後者は柳が官吏に語った「民は敢えて其の怒りと黜罰《ちゅつばつ》とを肆《ほしいまま》にす」であり、柳の「仁」は前者に近い。

生人主義に立てば、問題は暴君桀の夏か聖王湯の殷かではなく、同様に劉備の漢か曹操の魏かにあるのでもない。時代は官吏にこのような思想を形成させつつあった。『柳宗元集』の『外集』におさめる「舜禹之事」はさきの呂温の論をさらに展開する内容であり、柳の思想とも符合するが、後人に補遺されたものであって、北宋の晏殊は韋籌《いちゅう》▲の作とする。呂・柳のややのちにあり、思想の広がりが知られる。

また、国家の公私についての議論もすでに安史の乱後に始まっていた。徳宗朝において、太廟の神主と皇帝祭祀「禘祫《ていこう》」▲をめぐって朝議が繰り返された。代宗(七六二～七七九)の七六三(宝応二)年、九廟制をとっていた太廟の首位を、受命の王たる高祖李淵《りえん》とするか始封の君たるその祖の李虎《りこ》とするかが諮問され、受命のもとをなした李虎が太祖として首位に祀られることになったが、徳宗朝にいたって禘祫では李虎の祖である献祖李熙《りき》と父である懿祖《いそ》李天錫を祀るか否

▼韋籌　八二八(大和二)年の状元。北宋の晏殊は「博士韋籌」と呼び、唐の薛逢に「題韋籌博士草堂」詩があり、温庭筠は「韋寿博書齋」につくる。『全唐文』小伝に「宣宗時官博士」として「原仁論」「文之章解」をおさめる。いずれも短篇。「原仁論」の「聖人視生民以天下」も柳・呂の思想に近い。闕名「論韋籌進書史解表奏」(八三八〈開成三〉年八月、史館)があるが、佚して伝わっていない。

▼禘祫　祫禘ともいう。周代に始まる、天子による累代の先祖を祀る制度。祫は三年ごとに毀廟・未毀廟の神主を、禘は五年ごとに毀廟の神主を、それぞれ太祖を祀る太廟に集めて合祭する。朝議は唐朝の太廟が七二三(開元十一)年に七廟制から九廟制に改易され、廟数が増加したあとに祫禘がめぐってきたことを発端とする。

唐代皇帝の諱と廟号・諡

代	諱	廟号	諡号
?	皐陶		徳明帝
8	暠		興聖帝
7	歆		
6	重耳		弘農府君
5	熙	献祖	宣皇帝
4	天賜	懿祖	光皇帝
3	虎	太祖	景皇帝
2	昺	世祖	元皇帝
1	淵	高祖	神堯皇帝
2	世民	太宗	文武聖皇帝
3	治	高宗	天皇大帝
	弘	義宗	＊追贈
周	曌(照)	則天	＊姓は武
4	顕	中宗	孝和皇帝
5	旦	睿宗	玄真聖皇帝
6	隆基	玄宗	至道大明…
7	亨	粛宗	文明武徳…
8	豫	代宗	睿文孝武…
9	适	徳宗	神武孝文…
10	誦	順宗	至徳弘道…
11	純	憲宗	昭文章武…

かが朝議に諮られた。四門博士韓愈らは合祀を、左司郎中陸淳《りくじゅん》らは不合祀を主張した。合祀派の論は皇室自らが孝悌を示すことによって万民万世に忠誠を教えることにあり、不合祀派は太廟は「公廟」つまり唐朝の廟であるとし、献祖・懿祖を祀るのは「私礼」「私廟」、つまり李氏一家の廟にすぎないと反論した。呂温・劉禹錫らの援護射撃も加わり、後者が優勢を占めた。万世一系の皇統政体では起こりえず、易姓革命の国では当然問題となるはずであるが、これまで正面から議論されることがなかった。

このような議論が活発となるのは徳宗朝であり、唐朝の国政と皇帝個人の家政とを分離しようとする意識も安・史の乱後に顕在化する。代宗によって国家財源を保管する左蔵(国庫)と皇帝の金庫である内庫が合併され、皇帝によって掌握されたが、両税法を建議した楊炎はこの混同を避けて国庫の充足をはかった。しかしのちに藩鎮の進献は絶えず、国庫にまわるべきものが内庫に充塡されていく。王党の施策や柳の祥瑞《しょうずい》否定もこれを阻止せんとするものであった。

また、徳宗以前の皇位継承は詔《みことのり》で「譲位」と呼ばれていたが、以後は冊立《さくりつ》による「伝位」にかわる。徳宗の「即位冊文」では「子に伝うるは漢氏(漢王

12	恒	穆宗	睿聖文惠…
13	湛	敬宗	睿武昭愍…
14	昂	文宗	元聖昭獻…
15	炎	武宗	至道昭肅…
16	忱	宣宗	聖武獻文…
17	漼	懿宗	睿文昭聖…
18	儇	僖宗	惠聖恭定…
19	曄	昭宗	聖穆景文…
20	柷	景宗	哀皇帝

朝)の成規なり」にもとづいて李唐・高祖以来の原理「天下為家」を継承しながらも、「至公に非ずんば以て天下に主たること無く、至徳に非ずんば以て四海に臨むこと無し」を加えている。七八〇(建中元)年の両税法施行によって顕現化する王土王民の崩壊、また経学における朝廷が示した「公」定解釈の妄信墨守から「私臆」によって啖助《たんじょ》らが開始した自由経学とも軌を一にする。安・史の乱後に「私」と「公」の価値観の動揺が起こり、永貞革新は、徳宗期に始まったパラダイムシフトの胎動を徹底して推進しようとするものであった。

⑤—柳州刺史としての行政と最期

政務地の苛烈な環境

永州左遷から一〇年をへた八一四(元和《げんな》九)年末、王党はようやく長安に召還された。しかし八一五年二月に到着するや、三月には残党の復活とその影響力を恐れた門閥派によって、さらに遠隔の南方に左遷される。今回は員外司馬(左降官)ではなく、刺史(正員官)であり、政務は執れるが、しかしほとんど実施不可能な地域があてられ、より死地に追い込むものであった。いずれも北回帰線に近い、南方の小州であるのみならず、少数民族多住地域が選ばれている。柳が配属されたのは柳州▲、劉禹錫《りゅううしゃく》は連州▲であった。柳は六月着任、八一九年十▲一月に死去。政治理念を実践するにはあまりに短く、またあまりに特殊な地であった。

現存文集からみるかぎり、柳州での詩文の作数は極めて少ない。滞在期間は永州のほぼ半分であるが、過半は病床にあった。短期も一因であるが、行政の地をえたことが主因である。もはや理論を述べるのではなく、政治理念を実践

▼柳州　今の広西壮(チワン)族自治区。唐代柳州の治は柳州市。北緯は台湾の台中市あたり。当時は桂州(今の桂林市)におかれた桂管観察使の管轄。宋代の范成大(一一二六〜九三)『桂海虞衡』に詳しい。今日ではチワン族のほかに、ヤオ族・ミャオ族・トン族・ムーラオ族などが集住する。

▼連州　今の広東省連州市。瑤族自治県が多い。劉は召還時に詠んだ詩によってもっとも危険人物とみなされ、播州(貴州省遵義市)に配されたが、柳は劉の母が健在であったため、「死すとも恨らまず」といって、交替を請願した。それは播州が夜郎で知られる険難の山地であるのみならず、もっとも凶暴な少数民族地域で知られていたためである。今日で

するだけであった。しかも永州（北緯は沖縄県那覇市あたり）とは異なり、風土に適応することさえ困難であった。その過酷な環境としては次のようなものが挙げられる。

(1)自然環境　柳州はいわゆる嶺南▲にあり、北方人にとっては高温多湿であった。瘴癘《しょうれい》と呼ばれた南方風土病、猛獣、有毒の蛇・虫・植物など、すでに永州でおびえていたが、柳州はその比ではなかった。

(2)社会文化環境　五嶺の南は異文化圏である。今日でも多数の部族の多住地域であって漢民族とは異なる文化・習俗があり、また部族間の武力衝突も絶えなかった。到着数日後にして奇襲に遭遇し、九死に一生をえている。また、言語も大きな障害であり、二重の通訳を必要とした。

(3)政治的環境　南方の諸州には官吏に欠員が多く、下州である柳州はさらに不足していた。おそらく前任の刺史は欠員。八一三（元和八）年当時、一二八七戸、県五、郷七。むろん編籍民戸の数であるが、面積は日本の四国四県に近く、周辺の山間には多種の部族が集住していた。

(4)疾病　永州から脚気と痞結《ひけつ》は持病となっていたが、今日知られるところでも、

はコーラオ族・ミャオ族が多い。嘆願が功を奏して劉は連州に移された。

▼十一月　卒月日は版本によって異なり、『柳集』の永州本・韓醇本・魏仲挙本や『韓集』の蜀本・文本および『唐文粋』所収・『旧唐書』本伝や宋の文安礼『年譜』、張敦頤『官紀』などは「十月五日」に、『韓集』の王本・廖本・宋本および『文苑英華』所収・『韓集挙正』・『昌黎先生集考異』などは「十一月八日」につくる。永州柳子廟では七月十三日生まれ、十月五日卒として、毎年この両日に祭祀がおこなわれた。

▼嶺南　越城嶺、都龐嶺《とほうれい》（一説に掲陽嶺）、萌渚嶺《ほうしょれい》、騎田嶺、大庾嶺《だいゆれい》からなる「五嶺の南」。大山脈は今日の江西省・湖南省の南部と広東省・広西壮族自治区の北部との間にあって東西にのびて華中と華南に分断し、嶺南は広東・広西の全域にあたる。古くは「百越」「蛮夷の地」「瘴癘の地」と呼んで恐れられた。今日でも多くの少数民族が集住する。

八一六年正月、疔瘡《ちょうそう》発病一四日間。十月、霍乱発症。翌年正月、疔瘡再発。二月、脚気と痞結の合併症で三日間人事不省。他に金瘡を発症。八一九年秋冬、重篤。十一月初め、病死。享年四七歳。

このような内地とはまったく異なる環境にあっても「豈に政を為すに足らざらんや」と、政治がおこなえることに満足し、風土病に罹り、毒蛇に嚙まれ、州民の抵抗に遭い、毒矢に倒れながらも政治理念を実践していく。

柳州刺史としての行政

柳宗元の実践はまず大きく分けて三つの側面からうかがうことができる。

(1)文教　孔廟・寺院の造営により、淫祀の防止と漢族文化による人倫道徳の教化をおこなった。柳の所在を知って柳州以外からも多くの僧侶が訪れている。また永州時代と同じく、来る者は拒まず、科挙受験者などの詩文の直接指導もおこない、文化水準を高めた。

(2)経済　井・池の開鑿、灌漑などの水利事業や蜜柑二〇〇株の植樹など、殖産をさかんにした。蜜柑は州民の飲料と滋養の問題を解決するものであった。

●――今日の広西壮族自治区の少数民族

●――少数民族の山村風景

⑶建設　城郭・駅亭・巷道などの補修整備、柳江沿岸での柳の植樹による護岸と緑化、渡し場の整備など、土木事業をおこない、州民の生活環境の保全に努めた。これらはいわば一般的な行政であるが、次の施策は注目に値する。

一、人身売買の禁止

柳州を含む嶺南地域では当地の習俗として、子女を問わず、児童を質草として銭を借り、期限後に返済不能の場合は、利子と元金の同額時点で貸主に没収、奴婢として使役されていた。「童区寄《おうき》伝」▲には、当地の漢族の官吏も利をえて黙認していたとある。この土法を禁止すべく、⑴一般には「方計を設け、悉《ことごと》く贖《あがな》いて帰さし」めた。方策計略の内容は不明であるが、次の方法とは別条である。⑵最貧困にして返済能力がない場合、その間、貸主のもとで従事させられた労役を雇用とみなして賃金換算し、借金相当額になった時点で解放する。この方法は上司の桂管観察使によって採用され、管内の他州でもおこなわれた。一年で帰還者が一〇〇〇人近くにもなったという。⑶すでに没収されて貸主の所有となっている場合、「私の銭」「己れの銭」で、つまり柳自身が銭を出して買い戻してやった。

▼**「童区寄伝」**　十一歳の区寄の武勇伝。漢文教材にもとられる古文の名作の一つ。柳州での事件を扱って詳しいが、元和初の永州における伝聞にもとづくもの。貞観元年「関中飢え、男女を鬻《ひさ》ぐ者有るに至る」、二年「御府の金宝を出だして男女の自ら売る者を贖いて其の父母に帰す」（『旧唐書』本紀）、飢饉などで身売りをすることは関内諸州でもあったが、嶺南地域では早くから日常的におこなわれていた。三国魏・万震『南州異物志』に「土俗は骨肉を愛さず、宝貨及び牛犢を貪る。若《も》し賈人の財物水牛有る者を見れば、便《すなわ》ち其の子を以て之に易え、夫は或いは婦を鬻ぎ、兄も亦た弟を売る」と驚愕したのは、漢民族の儒教倫理観の南方文化との接触による。ただし賤民である奴婢の売買は家畜同様におこなわれ、唐令で認許されていた。

▼**韋丹**　順宗皇太子のときに太子舎人を拝し、容管などを歴任して貞

まさに「生人」思想に立つ施策であり、「官は民の役」にみられた雇用原理の応用である。貧困と人身売買の背景には漢族統治による公私の債務の圧迫があり、また両税法に始まった銭納制による貨幣経済の影響が、嶺南の僻地までおよんでいたこともうかがえる。

このなかで(2)は唐律「良人の奴婢と為りて債に質《あ》つ」条中の「庸(雇用労働)を計りて以て債直(借金)に当つ」に準じた措置であるが、内地の良民についても実行されていなかった。八二〇(元和十五)年、袁州刺史であった韓愈は柳の「墓誌」を書いて柳の方策を紹介し、直後、韓愈自身が州内の「良人為奴婢質債」の状況を調査し「計庸以当債直」を徹底させたのは柳に啓発されたものである。順宗《じゅんそう》派の韋丹▲も容管経略使▲のときに「民の貧しくして自ら鬻《ひさ》ぐ者、贖《あがな》いて之を帰し、吏に禁じて掠《かす》めて隷と為すを得ざらしむ」をおこなっている。

二、員外官員の撤廃

現行の「左降官は是れ責めを受くるの人、都《すべ》て務を釐《おさ》めず」の規定に対して、員外を廃して正官とし、政務を執らせるべきことを、永州で発見した司戸参軍に左遷されていた李邕▲発給の判決文を証拠として上奏する。同時に員外官が戸

元の末に諫言大夫となる。のちに宣宗に元和第一の循吏と呼ばれた。人身売買禁止(『新唐書』本伝)は柳よりも早いが、韓愈「韋丹墓誌」、杜牧「韋丹遺愛碑」にはみえない。容管は桂管の東南に接する。永州の柳宗元故居、愚渓に文廟を築いた刺史韋宙は韋丹の長子である。

▼容管経略使　経略使は節度使と同じ軍政関係の長官で、おもに少数民族の多い辺境地域、嶺南から福建におかれた。容管は嶺南五管(広・桂・容・邕・安南)の一つで、容州(今の広西北流市、八一三年に普寧県、今の容県に移る)・白・禺・牢・竇・廉・順など諸州を管轄。のちに節度使は経略使・支度使・営田使・招討使などを兼任することが多かった。

▼李邕(六七八〜七四七)　日本では北海の字《あざな》で書道家として知られる。『文選』注を撰した李善の子。永州司戸参軍に左遷されたことは史載を補う史料である。員外官の釐務停止は中宗の七〇五(神龍二)年に始まる。

柳州全景（魚峰山より）　左は鵝山、右奥は旧柳州城。一九八三年撮影。

部省員闕官（欠員ポスト）の銭で充当されている現行に対して「戸部の銭は是れ勅に準じて収貯し、別支す合《べ》からず」、正員とすることで軍費にまわすことを提案する。政務不関与は政権内訌争に由来する官吏側の理屈であって、民政にとっては、まったく無意味にして浪費であった。

三、律文の改正

柳州龍城県で過失致死罪事件が発生した。唐律「兵器以外の物で負傷させて治療の甲斐が無く二十日以内に死亡した場合は殺人罪とみなして処罰す」との規定に準じ、「秋分の後に処分す」との通達があったが、事情を精査したところ、兄の急難を救おうとして相手の肩に竹が刺さり、致命傷ではなかったが、不幸にして十二日で死亡した。もとより殺意はなく、情状酌量の余地ありとして、減刑を桂管観察使に上訴した。

況や期（秋分）を俟《ま》つこと尚お遠く、命を稟《う》くること遥かならざるをや。伏して乞うらく、俯して興哀を賜い、特に法を屈するに従い、幸に微命を全うし、以て遠き黎《たみ》を慰まば、則ち必ず闔境（全域の民は）慈育の恩を荷い、豈に惟だ一夫の生成の賜を受くるのみならんや。倘《も》し律文の変え難く、使牒(通達)已に行くを以てせば、伏して望むらく此の状は便《すなわ》ち廃格(擱)せ令《し》めよ。

投獄が長期化すれば罪人の生命さえも保全できない。天理の陰陽に従って、秋を待って処刑執行する規定の不条理は「断刑論」で反駁していた。追加の一文、もし律文が変えられないならばこの書状を即刻廃棄されよ、とは脅迫に近い。この一例をみても、いかに下民の生命を尊厳したか知られよう。これが彼らのいう「仁」政であった。

また、かつて子復父讐▲に関する現行法に対して、礼と法の矛盾であり、発端に遡及した事実の徹底究明によって統一可能であるとする議論を律令に付すように上奏した。いずれも「名を去りて実を求むる」「勢は同じからざるも理は同じ」、合理主義的精神から法治をめざし、政治は民のためにあるという観点からの主張である。

法律の整備は永貞革新派の政策でもあった。中央にあった残党の呂温は「鄭(絪)相公に代わって『六典』『開元礼』を刪定施行せんことを請う状」を上奏した。「忠・敬は弊有り、質・文は数を異にす」る礼と法制との矛盾を解消し

▼子復父讐　『春秋公羊伝』以来、子が父の復讐をすることは容認され、孝として顕彰し、法によって死刑とするという矛盾する措置がとられていた。「駁復讐議」は韓愈の「復讐状」と同じ八一一年の朝議に諮られた事件に寄せた発言であるが、政務に関与できない身であるために、過去の陳子昂《ちんすごう》(六六一〜七〇二)の説を反駁するかたちをとった。なお陳子昂の詩文は、六朝文学の華美の余風を脱して漢魏の気骨に帰するもので、唐代の文風を一変させたとして韓・柳ら古文作家やその先駆者である梁粛(七五二〜七九三)に、また詩人白居易にも、高く評価された。

て「公私」「貴賤」つまり万民の新しい法典を施行することを企図していた。その後、呂は門閥派と対立して道州に出されるが、道州では「動《やや》もすれば人命に懸かり、風俗に関るも、惰なる者は成を一吏に委せて、空を望みて署す」という現状に対して州政に関連する律令格式の要を撮り、文義を講じて官庁の壁に書かせ、「人《たみ》に長たる者」に示した。柳やその師陸質がもっとも嘱望していたのは呂温であった。長命であったならば状況は変わっていたかもしれない。

四、「救三死方」▲

これは実際、万民に有益であった。死にいたる疾病について、自己の症状と試みた治療法の克明な記録を劉禹錫に送り、世に伝えた。かつて順宗政権が召還を急いだ名宰相陸贄《りくし》の『集験方』▲に倣ったものである。

短く、しかも多く病床にあっても、これだけのことをなした。

州民はその死後、廟を建てて祀った。無神論者柳宗元は死の三年後に神となって降臨すると遺言したという。はたして神はあらわれ、廟を冒瀆する者には祟りがあった。菅原公の怨霊伝説を思い出す。いずれもそれを畏れた州民が韓愈に依頼した鎮魂碑が記すところである。

▼**救三死方**　「柳柳州纂『救三死方』」、霍乱・脚気・疔、三種の死病から救命する処方箋。日記のごとく詳細であり、世に伝えんとした意がうかがえる。『伝信方』におさめ、劉の序に「其の志は物（民）を拯《たす》（救済）くに在り」という。

▼**『集験方』**　病気の処方箋を集めたもの。陸贄のものが有名。長江上流域の忠州（今の四川省忠県）に左遷された一〇年間に、劣悪な風土によって流行したさまざまな疾病に苦しむ人々のために古今の治療法を五〇篇一五巻にまとめた。『今古集験方』『陸氏集験方』ともいう。

●柳州柳侯祠

●柳宗元衣冠墓（柳州柳侯祠内）

●柳宗元（三十六詩仙図のうち）全体像（伝狩野探幽画）

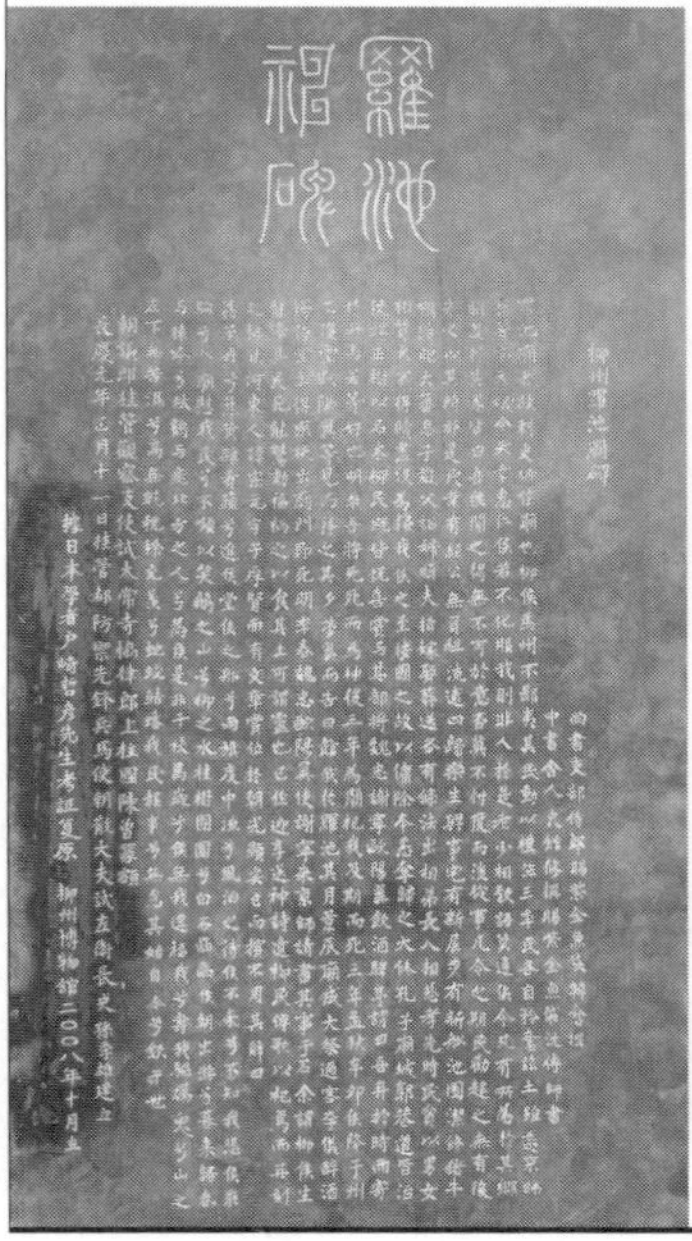

●韓愈「柳州羅池廟碑」（宋拓による復元、柳侯祠内）

遺児は四人。幼名は周六、当時四歳、のちの柳告、字は用益。周七、一歳、柳の卒後に誕生。女子二人。

その後、宋代にいたって顕彰される。元祐七(一〇九二)年に哲宗から羅池廟に霊文廟の額を賜い、崇寧三(一一〇四)年に徽宗から文恵侯に、紹興十四(一一四四)年に高宗から文恵昭霊侯に追封される。また、おそくとも明代初期には、柳侯祠内の残碑「龍城石刻」は柳宗元の真蹟と伝えられ、その拓本は、暴風を鎮め、邪悪を破る魔力のある護符として民間で珍重された。信仰は広西から湖南へ伝わり、人々は湘江・洞庭湖での航行の安全を祈願したという。その霊験はあらたかであったらしく、さらに長江を下って江南までおよび、清末には太平天国軍の乱(一八五一〜六四)を平定した曾国藩の湘軍を加護したという伝承もある。死してもなお人民を守護したのである。ただ、生前厳しく非難した迷信による形をとったが。

最後に、明末の戯曲『牡丹亭』▲について一言加えておく。いわゆる才子佳人の恋愛文学であるが、主人公の柳夢梅は柳宗元の、杜麗娘は杜甫の子孫という口上で始まる。本書で紹介した植木職人郭橐駝《かくたくだ》の子孫も柳生の下男として、韓

▼**『牡丹亭』**　明代の著名な戯曲作家湯顕祖(一五五〇〜一六一六)の代表作、原名は「還魂記」。時は南宋の初め、良家の妙齢の美女杜麗娘と科挙をめざす貧乏書生の柳夢梅との純愛を描いた、中国版の「ロミオとジュリエット」だが、悲恋ではない。牡丹亭での夢をきっかけにして冥土から「還魂」する、幽明隔てた恋愛という奇抜な構想であり、最後には大団円を迎える。

愈の子孫も友人として登場する。宗元に従って柳州で植樹を手伝ったのが橐駝であったともいう。明清の民間では、柳宗元は形をかえて広く親しまれるようになっていった。

柳宗元とその時代

西暦	年号	年齢	おもな事項
773	大暦 8	1	***7-*** 長安に生まれる。父柳鎮（明経科出身）は京兆府長安県主簿，母は盧氏。本宅は城内の親仁里。
778	11	4	湖州（浙江省湖州市）徳清県令であった祖父柳察躬，死去。
785	貞元元	13	柳鎮，江西観察使となった李兼の属官となる。このころ，宗元は父の赴任に従って遠遊する。
788	4	16	柳鎮，殿中侍御史の官を拝す。
789	5	17	柳鎮，宰相竇参によって夔州（重慶市奉節県）司馬に左遷される。礼部試進士科を受験する資格をえる。
790	6	18	進士科に及第せず。長安の太学に学ぶ。
792	8	20	進士科に及第せず。***4-*** 竇参，誅殺される。父，殿中侍御史に復帰する。宗元，郷党の家塾に学ぶ。秋，補闕権徳輿に温巻（習作）を献上し，推薦を頼む。
793	9	21	***2-*** 進士科に及第す。***7-*** 父，死去（享年 55）。
796	12	24	楊憑の女《むすめ》を娶る。善和里に住居を移す。吏部試博学弘詞科の受験の準備をする。
798	14	26	博学弘詞科に及第し，集賢殿書院正字の官をえる。
799	15	27	***8-*** 妻楊氏，死去（享年 23）。呂温，博学弘詞科に及第し，集賢殿書院校書郎の官をえる。
801	17	29	京兆府藍田県尉の官に転任するが京兆尹のもとにとどまって勤務する。女子誕生。母は微賤の出身で，姓は不明。
803	19	31	閏 ***10-*** 御史台監察御史裏行の官を拝す。韓愈は国子四門博士から監察御史に異動するが陽山県令に追放される。***12-*** 御史台に欠員多く，柳は監祭使（祠祭使）を兼任する。
805	21 永貞元	33	***1-*** 徳宗崩御し，順宗即位。尚書省礼部員外郎の官を拝す。***8-*** 憲宗即位。邵州刺史に左遷，道中，永州員外司馬に変更される。永州城内の龍興寺（官立）の西廡に寓居する。
806	元和元		***5-*** 母盧氏，永州で死去（享年 68）。
808	3		呂温，宰相李吉甫を弾劾して憎まれ，道州刺史に左遷される。このころ，呉武陵が流罪されて永州に来る。
810	5	38	***4-*** 娘死去（享年 10）。城外の瀟江西岸，愚渓の畔に新居を構える。呂温，衡州刺史に異動，翌年死去。
814	9	42	冬，長安に召還する詔あり，永州を去る。
815	10	43	***2-*** 長安に到着するが，3 月に柳州刺史に左遷される。***6-*** 着任。
819	14	47	***11-*** 柳州にて病死（享年 47）。劉禹錫に遺稿の編集を遺言す。
820	15		***7-*** 京兆府万年県栖鳳原の先祖の墓地に埋葬。遺児は 4 人。韓愈，「柳子厚基誌銘」を撰す。
822	長慶 2		柳州城内の羅池の畔に廟を建て，柳宗元を祀る（今の柳侯祠）。
823	3		韓愈，「柳州羅池廟碑」を撰す。
1056	至和 3		永州城内の学宮の東に柳子祠堂が建立される。
1092	元祐 7		哲宗から柳州の羅池廟に霊文廟の額を賜う。
1144	紹興 14		永州の柳子祠堂（今の柳子廟の前身）が愚渓に移設される。

参考文献

久保天随『柳宗元』新声社，1900 年
久保天随「韓柳」『支那文学大綱』大日本図書，1904 年
笠松彬雄『精要唐宋八家文詳解』大同館書店，1939 年
清水茂『唐宋八家文』朝日新聞社，1956 ～ 64 年(新訂 1966 年)
前野直彬『文章軌範』明治書院，1961 年
星川清孝『古文真宝　後集』明治書院，1963 年
呉文治『柳宗元巻』(古典文学研究資料彙編) 中華書局，1964 年
章士釗『柳文指要』中華書局，1971 年(1964 年序)
筧文生『韓愈　柳宗元』筑摩書房，1973 年
周康燮『柳宗元研究論集』崇文書店，1973 年
丁秀慧『柳河東詩繫年集釈』国立台湾師範大学国文研究所，1974 年
長澤規矩也編「唐柳河東集」『和刻本漢詩集成』汲古書院，1975 年
星川清孝『唐宋八大家文読本』明治書院，1976 年
横田輝俊『唐宋八家文』尚学図書，1976 年
呉文治他『柳宗元集』中華書局，1979 年
前川幸雄編『柳宗元歌詩索引』朋友書店，1980 年
洪寅杓『柳河東詩研究』瑞麟文化社，1981 年
羅聯添『柳宗元事蹟繫年暨資料類編』国立編訳館中華叢書編審委員会，1981 年
横山伊勢雄『唐宋八家文』学習研究社，1982 年
孫昌武『柳宗元伝論』人民文学出版社，1982 年
前嶋信次『空海入唐記』誠文堂新光社，1983 年(初出は『大法輪』1951 年)
林田慎之助『柳宗元――枯淡詩人』集英社，1983 年
陳舜臣『曼陀羅の人――空海求法伝』TBS ブリタニカ，1984 年
清水茂訳『韓愈(Ⅰ・Ⅱ)』筑摩書房，1987 年
新海一『柳文研究序説』汲古書院，1987 年
筧文生『唐宋八家文』角川書店，1989 年
戸崎哲彦『唐代中期の文学と思想――柳宗元とその周辺』滋賀大学経済学部(研究叢書)，1990 年
JO-SHUI CHEN, *LIU Tsung-yuan and Intellectual Change in Tang China, 773-819*, Cambridge University Press, 1992
太田次男『中唐文人考――韓愈・柳宗元・白居易』研文出版，1993 年
王国安『柳宗元詩箋釈』上海古籍出版社，1993 年
謝漢強主編『柳宗元研究文集』広西人民出版社，1993 年
小野四平『韓愈と柳宗元――唐代古文研究序説』汲古書院，1995 年
戸崎哲彦『柳宗元在永州――永州流謫期における柳宗元の活動に関する一研究』滋賀大学経済学部(研究叢書)，1995 年
戸崎哲彦『柳宗元永州山水游記考』中文出版社，1996 年
孫昌武『柳宗元評伝』南京大学出版社，1998 年
松本肇『柳宗元研究』創文社，2000 年
呉文治・謝漢強主編『柳宗元大辞典』黄山書社，2004 年
呉文治『柳宗元詩文十九種善本異文彙録』黄山書社，2004 年
趙継紅・厳寅春『柳宗元研究資料彙編』延辺大学出版社，2005 年
下定雅弘『柳宗元――逆境を生きぬいた美しき魂』勉誠出版，2009 年
下定雅弘編訳『柳宗元詩選』岩波書店，2011 年

劉漢『柳宗元著作版本図考』広西人民出版社，2012年
尹占華・韓文奇『柳宗元集』中華書局，2013年
黒田真美子他『柳宗元古文注釈――説・伝・騒・弔』新典社，2014年
下定雅弘『白居易と柳宗元――混迷の世に生の讃歌を』岩波書店，2015年
翟満桂『柳宗元永州事迹与詩文考論』上海三聯書店，2015年
『柳宗元研究』(永州柳宗元学会，年刊)
『柳宗元研究動態』(柳州柳宗元学会，年刊)

図版出典一覧

『隋唐五代墓誌滙編』天津古籍出版社，1991年 *65*

『洛陽古代墓葬壁画』中州古籍出版社，2010年 *57*

徳川美術館イメージアーカイブ／DNP artcom カバー表

延暦寺提供 *11*

著者提供 カバー裏，扉，*17, 18, 23, 35, 43, 51, 79, 91, 94, 97*

戸崎哲彦(とさき　てつひこ)
1953年生まれ
京都大学文学研究科博士課程単位取得退学
専攻，中国古典文学
現在，島根大学法文学部教授

主要図書
『桂林唐代石刻の研究』(白帝社 2005)
『中国乳洞巖石刻の研究』(白帝社 2007)
『唐代嶺南文学与石刻考』(中華書局 2014)

世界史リブレット人⑰
柳宗元《りゅうそうげん》
アジアのルソー

2018年1月16日　1版1刷印刷
2018年1月20日　1版1刷発行

著者：戸崎哲彦《とさきてつひこ》

発行者：野澤伸平

装幀者：菊地信義

発行所：株式会社 山川出版社

〒101-0047　東京都千代田区内神田1-13-13
電話　03-3293-8131(営業) 8134(編集)
https://www.yamakawa.co.jp/
振替 00120-9-43993

印刷所：株式会社 プロスト

製本所：株式会社 ブロケード

 ISBN978-4-634-35017-5